COLLECTION FOLIO

François Nourissier

de l'Académie Goncourt

Prince des berlingots

Gallimard

François Nourissier est né à Paris en 1927, d'une famille lorraine et flamande. Il a publié son premier livre en 1951 et conçu en un demi-siècle une œuvre où alternent autobiographie et roman. Élu à l'Académie Goncourt en 1977 au couvert de Raymond Queneau, il en est le président en 1996. Il a renoncé à cette présidence en 2002, péripétie à laquelle quelques paragraphes de ce récit font allusion. Il a écrit sur les livres et la littérature dans de nombreux journaux et revues. Il partage sa vie, depuis quarante ans, entre Paris, la montagne et la Provence.

Dédicace

Quelle entreprise ce récit veut-il mener à bien ? Discréditer la maladie, la déshonorer, lui arracher le masque horrifique, c'est-à-dire ridicule, dont l'affuble notre peur.

Partout, sauf à Venise — où les masques semblent pris dans un rayon de lune, loups blancs dont on sait qu'ils sont *connus*, bien plus et mieux que les loups noirs qui viennent parfois peupler ma solitude — les gueules en carton bouilli, dont Carnaval respecte et prolonge l'usage, présentent l'aspect de fesses dodues plutôt que de faces angéliques. Vous aurez beau constituer à la maladie des réserves de gravité, de dignité, d'innocence, vous ne ferez jamais oublier qu'elle est d'abord humiliation et solitude. La dérision, seule, avec ses colliers de calembours et de ricanements, lui fait un accompagnement convenable. Les mots sont mes armes et ma mémoire.

Ce récit est donc dédié, respectueusement, aux désarmés, aux sans-mémoire, qui souffrent dans leur chair de maux infiniment plus cruels que les miens.

À la parlante

Jamais je ne me passerai sous silence.

« Passer sous silence », l'expression est obscène.

Joug, fourches Caudines, tyrannie — et il faudrait encore se taire ! Ne me faites plus le coup de la mort du loup. Grand, le silence ? Le silence file doux et fait petit. Vous entendez ? *Faire.* Ce n'est pas un mot faible, c'est un mot sale. Allez vous torcher.

La maladie doit devenir une acharnée prise de parole. Elle doit être gueulée, moquée, tournée à la blague, tournée à la valse. Elle doit être allègre, féroce, forcer le rire, et quand le rire devient grimace, réussir une de ces grimaces célèbres — « l'œuf au plat », « la fiancée du panda » — que des petites filles très laides inventent pour que les garçons les regardent.

Bien entendu, tout le monde sait que nulle thérapeutique, à c't'heure, n'est capable de guérir la maladie. L'aider à rester coquette, bavarde, oui, mais pas grand-chose de plus. Bavarde ? Il m'a semblé, depuis sept ans que j'amuse le tapis avec mes simulations, imitations, singeries diverses, n'avoir jamais été plus efficace qu'en me livrant, ivresse fort bien jouée, ivresse verbale s'entend, à la parlote, c'est-à-dire au dévoilement de la maladie, à sa dédramatisation, voire à en rire. Quand j'eus quinze ans, on m'apprit à jouer au bridge (ah, quelle vie de seigneur !). Si j'avais l'impudence de souffler trois mots le rappel à l'ordre tombait : « Alors, Nourissier, on joue la parlante ?... »

Je dois être resté un vieil adolescent dissipé : la Parkinson, je la joue « à la parlante ». Je tire à vue. Je ne désespère pas, sinon de venir à bout de la Diva, au moins de la mettre à mal, si tant est qu'on m'autorise ce flou, ces mots étirés en filaments de *formaggio* et lâchés où il faut, où ils feront rire, jeux du langage, transmutation de la peur en mots et des mots en rire. Je n'ai pas trouvé mieux. C'est mon cocktail de barbituriques. La façon, peut-être, dont je m'y prendrai un jour pour tromper la vigilance des infirmiers. Efficace, en fin de compte, tout cela. Enfin, efficace, entendons-nous...

Le sol monte vers moi, lentement, vite, le temps d'un juron. Dalles en pierre du pays à gros grains, à la taille rudimentaire. C'est ma première vraie chute, le 22 décembre 2001, solstice d'hiver. Me voilà entré dans l'hiver de mon corps. Je veux dire à Cécile : « Il me faut absolument retrouver mon équilibre. » Un lapsus et cela donne : retrouver mon écrit libre. Nous feignons de n'avoir rien remarqué. Le tremblement se généralise, s'installe comme après une brutalité, le temps de récupérer. Le temps de déplier, puis replier un double mètre qui pèserait quatre-vingts kilos. Cette chute s'est produite dans la salle à manger, entre la maie charentaise et les jupons de la table ronde. La maie ? Il y a toujours une voix pour dire : « C'est une *enfilade*, je te l'ai dit cent fois, elle vient du Sussex... Je l'ai toujours vue dans la famille...

— Enfilade ? Tu veux donner le fou rire aux enfants ? »

J'ai dû appeler à l'aide. Expression point si tragique qu'elle le paraît. « Aide-moi... donne-moi un coup de main... » Main tendue, impudeur vigoureuse, presque militaire : tout cela s'apprend vite. Comme on est, dans l'instant, devenu maladroit ! Mobiliser son corps, le relever, le planter droit : chacun de ces gestes propose la même énigme que les assemblages de bois — jeux de patience ou formules chimiques exprimées dans l'espace — qu'on demande à l'enfant soumis à un test de démonter et remonter. Seul dans une pièce, il ignore que derrière un miroir on l'observe, on évalue son opiniâtreté, on guette le moment où apparaîtra son découragement. Je ne dois pas être obstiné : après trente secondes et quelques tortillements — je vous rappelle que je suis toujours allongé entre la maie et la table enjuponnée — je laisse la grande limace se coucher sur le côté. Endolori ? Pas trop. Un genou, un poignet et toujours cette pointe de la hanche, l'articulation du fémur, qui semble avoir de toute éternité rendez-vous avec la pierre dure et les misères de l'âge. On pense à ça en tombant, on a tout le temps : ça y est, bon pour la fêlure, le pauvre ! comme s'il ne préférait pas à la castagne son alvéole, la tête bien logée, lovée dans la cavité de l'iliaque, tout ça combiné, poli, agencé, lubrifié (vraiment ?) et voilà, patatras ! Le premier jour de l'hiver. Il serait peut-être temps de jouer *Le Laboureur et ses enfants*. Il va falloir s'habituer.

Ce ne sont pas, ces lignes que vous êtes en train de lire, les premières du récit que j'ai entrepris d'écrire. Mais aujourd'hui seulement il m'est apparu que ces mots seront ici à leur place. Au cœur de la nuit la plus longue. Et puis il est vrai qu'à partir de cette chute tout s'est déréglé plus gravement. Des vœux noirs et froids s'accomplissent. Je vais vous dire comment vient la fin. Dans les *Vues de Rome* de Piranèse, on voit des premiers plans de chantier, avec les blocs bruts, les statues inachevées, brisées, les socles vides. Tel est mon sujet. Je m'en suis, dans le passé, assigné de moins honorables. Je rêve depuis si longtemps de raconter la jeunesse des ruines. Mais peut-on dire cela sans effet de contraste, de crépuscule ? On peut porter le témoignage le plus modeste, raconter comment une vie humaine s'amenuise, ou pourrit, ou se fracasse, en tenant ferme sur deux ou trois principes : sourire et faire sourire ; se plaindre et ne pas se plaindre, c'est selon ; s'avancer le plus loin possible, jusqu'à cette lèvre du cratère où l'on suffoque, paraît-il, où bientôt l'on doit se taire — les flammes lèchent ma bouche — me taire ? Ah, le plus tard possible ! Je me cramponne à mon texte comme à une rampe invisible. Image qui me ramène à celle de la chute. Usée, l'expression reprend sens : « Regarde-le, il ne tient plus debout… » J'ai déjà donné le film à tirer, où sont apparues des images répétitives : la Tour de Pise (je vais de mal en pise), le piqué des Stukas, le guéridon tripode, le gigotement rageur et ridicule du plongeur qui découvre un instant trop tard — il est dans le plané de son saut de l'ange — que la piscine est vide, que des rats y batifolent dans une bouillie de feuilles mortes. À titre d'exemple, voici ce que j'écrivais, un mois avant le premier gadin, sur les symptômes dont mon corps sentait, imminente, la malfaisance.

Sœur Anne

Quelle position tenir pour résister mieux ? Vivre en couple ? Esseulé ? Farouche célibataire ou ange gardien/gardé du partenaire ? En tout cas l'on n'y comprend rien si l'on ne voit pas que l'approche des comédies dernières installe un couple — situation statistiquement la plus répandue — de plain-pied avec la tragédie. Ne pas hésiter à employer le mot grandiloquent, râpeux, putain. Même dans la solitude d'une maison fermée (n'ai-je pas eu tort, justement, de tourner les clés, de me barricader pour me livrer, toute honte bue, toute résistance promise à l'échec, n'ai-je pas eu tort de me soustraire à la *publicité* fatale de la mort ?). Jamais je n'avais été livré à une aussi méthodique et minutieuse destruction. Sans témoins. Glaçon presque fondu dans un *shaker* géant (bruits de cloche et d'usine) je me heurte aux murs, au chambranle des portes, j'agrippe au passage les dossiers des fauteuils, je change une chute en glissade gracieuse, je me retrouve un genou à terre, le nez dans le duvet du plumard, en perpétuel transit entre deux vertiges, deux peurs, sœur Anne à sa fenêtre qui ne voit rien venir, incapable de décoller mon cul d'un angle de mur où je me cale durement les miches, la raie servant à retenir et orienter le corps tordu, fragile, tendu vers l'ambition irrépressible d'avancer et vers l'ambition déraisonnable de m'abîmer, enfin, enfin ! sur la route qui poudroie. Sœur Anne, qui merdoie, fait la sourde oreille.

Stuka

Le mot savant est *akinésie*. « Impossibilité pathologique d'exécuter certains mouvements. Le malade atteint par l'akinésie est obligé de penser au geste qu'il va exécuter, tout au long de son déroulement. Premiers atteints, les mouvements automatiques. » Autrement dit, cligner de l'œil, battre de la paupière ne sont plus de petites affaires.

Mes mots à moi : le syndrome du seuil (ça arrive souvent sur le pas d'une porte), la tentation du piqué, comme en faisaient ces avions d'assaut allemands, dont la sirène qui les équipait décuplait l'effet de terreur que leur réputation produisait. L'automne 1940, les petits garçons français dévoraient, honteusement, les deux magazines allemands — *Der Adler* et *Signal* — qui entretenaient la sombre gloire du Stuka : photos floues, mais brutales, concentrées, de cette machine à tuer tout en angles, musclée comme un fauve.

Quand les pieds se soudent au sol — image impropre car leur adhérence est en quelque sorte abstraite, immatérielle, d'où l'angoisse ressentie à ne pouvoir pas rompre ce lien invisible — le reste du corps, pris dans l'impulsion (dirait un écuyer), veut aller de l'avant. D'où plongeon, perte d'équilibre comparable à la première seconde d'une course rapide, quand l'athlète se jette dans cette chute horizontale à quoi ressemble un départ réussi. Comparable à une machinerie électrique privée de courant, le corps, en tout cas sa partie inférieure, reste amorphe, cependant que le cerveau (j'imagine) peine à rétablir ou à inventer en hâte la connexion (ou y en a-t-il des milliers ?) qui rendra leur mobilité aux membres bloqués. Question de secondes. C'est très long. Parfois une jambe produit deux ou trois pas destinés à offrir au corps déséquilibré la sensation qu'un arc-boutant l'étaye. Ce sont les petits pas symboliques du grand âge, que les enfants imitent volontiers. Si l'attente se prolonge, c'est-à-dire si le « courant » ne se rétablit pas, les petits pas crépitent, le piétinement se fait trépignement, comme d'un mômichon hystérique, ou martèlement de zapateado, mais incontrôlé, sans rythme ni logique autres que l'affolement de se sentir le jouet d'une tornade à ras de terre, d'une cascade prise dans la glace de l'hiver neuronal. C'est Pissevache-sur-Banquise. C'est la rage d'un bélier qui donne de la tête dans un mur. C'est la peur, tout simplement, la panique, quand l'habitant de ce grand corps tout d'une pièce sent sa carcasse prise dans le secouement frénétique, et mystérieusement l'accepte. Fatalité ! Fait divers, sang noir, nuit rouge de l'adieu.

Ajoutons qu'exécuté sur un trottoir citadin, dans le mouvement de la circulation et l'indifférence des passants, le trépignement ci-dessus décrit est d'un irrésistible comique. Ne sont pas plus risibles une voiture dont les roues patinent, une rageuse qui tape du pied et sanglote. Élargissons le vocabulaire utilisable : peuvent servir « convulsions », « convulsionnaire », « danse de Saint-Guy » et son double savant, « chorée ».

Miss Paix

Pendant que j'écrivais mon précédent livre, j'eus à inventer un nom, ou surnom, ou pseudonyme, destiné à la maladie qui, depuis 1995, me sert de repoussoir, de stimulant, de punching-ball, de dessin à colorier, bref, de marchandise et d'alibi pour la contrebande autobiographique. Ce fut, ce nom, « Miss P. ». Sept chapitres lui étaient consacrés, au long desquels, plaisamment j'espère, elle était traitée en infirmière autoritaire ou en baronne ruinée (c'est-à-dire en ambulancière). Elle tenait de la féroce Nanny et d'un bon cœur grincheux. Parfois, la comparaison tournait court et la maladie redevenait, plus noblement, armée d'occupation, mauvais rêve tapi au fond d'un mauvais sommeil, incitation au stoïcisme, etc. Mais comme on dit : le client n'était pas obligé de consommer.

Poussant cette fois l'aventure plus avant, je me mis à collectionner pour ce livre divers titres susceptibles de rendre mon propos discrètement explicite. *Miss P.*, tout simplement, parut s'imposer. Je craignais, bien sûr, à réutiliser une formule qui somme toute avait fait ses preuves, de paraître à court d'invention, mais les arguments en faveur de la continuité étaient convaincants. Le plus anecdotique : il y avait dans Miss P. des connotations utiles aux malentendus littéraires : ne penserait-on pas — et tant mieux — à *La P. respectueuse* ? À *Dommage qu'elle soit une P.* ? John Ford, Sartre : fréquentables. Certains traducteurs du titre de Ford proposaient, il est vrai, « catin » au lieu de « putain », mais l'usage favorise « putain », qu'un préfet chatouilleux, en 1946, exigeait qu'on abrégeât désormais en « P. ». J'aimais aussi les possibilités d'extension, comme on dit en architecture, qu'offre parfois l'énigmatique majuscule.

Au temps où je publiai *La Fête des pères*, le personnage le plus proche de moi y étant simplement nommé « Monsieur N. », où je croyais qu'on entendrait, sans l'entendre, mais quand même, « Nourissier », mon œil crut lire au dos du premier volume qui me fut adressé : « Monsieur Haine », ce qui m'entraîna à des dérapages inattendus et savoureux.

Pareille aventure vient de m'arriver : j'ai appris ce matin, dans une « colonne » d'échos, que j'hésitais pour mon prochain livre entre trois titres : *Loin d'où ?*, *L'Inespérance*. La troisième trouvaille, due sans doute à ce que le journaliste avait travaillé par téléphone, me laissa incertain : *Miss Paix*. Quelque beauté révélée le 8 mai 1945 ? Miss Évian 1960 ? Je n'y avais jamais pensé. Et pourquoi pas *Miss Pet* ? Non, restons convenables. Ou *Miss Paie* (au prix d'une légère audace de prononciation), surnom qu'à vingt-cinq ans j'avais donné à une certaine Mlle Rose : elle nous apportait chaque fin de mois l'enveloppe qui contenait, outre notre fiche de *paie*, du numéraire.

Bon, où m'entraîne Miss Paix ? Elle semble surgir, vers 1950, d'une campagne communiste en faveur de l'appel de Stockholm. Concurrence à la célèbre colombe que dessina alors Picasso ? « Le pain, la paix, la liberté » : c'était un slogan des « bolcheviques », des « moscoutaires », des « séparatistes ». J'étais tout prêt à descendre dans la rue manifester contre « Ridgway-la-Peste » — que dis-je ? J'y étais allé : je me revois au rond-point des Champs-Élysées, reprenant mon souffle après une charge des CRS (ne les appelait-on pas alors les Gardes mobiles ?) et levant le nez vers ce balcon en loggia, à l'angle, ou plutôt à l'arrondi des deux façades du *Figaro* : il me semblait y distinguer deux silhouettes d'hommes, pardon ! de messieurs. « Si M. Brisson me voit ! » avais-je pensé. Mais « P. B. » ne me connaissait pas, et il s'écoulerait encore trois ou quatre ans avant que les costumes croisés du *Figaro* ne me fassent signe, un déjeuner à l'impériale de chez Maxim's, où je m'étais dit que j'avais été vite repéré, que déjà on me montrait ma place, on me calait les fesses... Alors, Miss Paix ? Déjà ?...

La colonne des « brèves », dans le journal qui a depuis longtemps abandonné son adresse légendaire du « Rond-Point », plaçait *L'Inespérance* en seconde position dans le peloton de mes hypothèses. Ouais... Joli nom pour un bateau de Douarnenez. Ces choses-là se chantent plus facilement qu'elles ne s'écrivent. « Encore heureux / Qu'il ait fait beau / Et que *L'Inespérance* / Soit un bon bateau... » Ma chanson, la vraie, tournait déjà dans ma tête.

À dire vrai, à souffler mot (je vous le dis dans un souffle), en un mot comme en cent, en un souffle comme en silence je vous le confirme : y en a marre d'être courageux. Le discret courage, l'abnégation en robe grise toute simple, la vigilance (donner le change), la modestie ardente, la paupière baissée, soumission au destin — ah, délivrez-moi du bien ! Laissez-moi rigoler ! Délivrez-moi de la hargne et de l'espérance, de l'espérance surtout, si trompeuse avec ses vertus de combattante clandestine, experte à me bourrer le mou, à me dorer la pilule. (Ado, je n'aurais pas résisté au plaisir de contrepéter ces familiarités : l'espérance m'eût doré le mou, démarche plus élégante que bourrer la pilule. Doré le mou ou dorer le bout ? Larbaud disait des mots français qu'ils sont, dans la série des mots, ce que les cigarettes à bout doré sont dans la série des cigarettes : du luxe pour les princes russes et les femmes fatales, Muratti, Ariston...)

Tenez, voici un bon exemple de la façon dont, coincé par les beaux sentiments qu'on attend que j'éprouve et formule, je me faufile au-dehors. Un de ces glissements qui permettent à mon langage d'échapper aux jérémiades, grandiloquences — mieux : aux *sobres* manifestations d'héroïsme — pour leur préférer grincements et entrechocs de la perpétuelle moquerie où je baigne à feu doux. Délivrez-moi des hautes flammes de l'enfer ! L'heure venue, le purgatoire me servira *à point*, je vous le promets. Affûtez les couteaux.

Les principaux concurrents éliminés, le titre du livre choisi — qu'il est inutile de révéler puisqu'il s'étalera sur la couverture — il me reste à noter ici, ce chapitre étant considéré par moi comme une manière de pense-bête, deux vœux que j'espère satisfaire au long de ces récits : ne pas cesser de rire (ce n'est pas une façon de parler, mais une volonté armée et sourcilleuse), et repousser les truquages et mollesses inséparables de toute métaphore. Tirez la chevillette et la bobinette cherra. Non, je ne tirerai pas sur la chevillette / maladie pour vous faire tomber dans le piège pathétique. La maladie n'est pas une allégorie de la vie, ni sa représentation miniaturisée, le cours de l'une et son terme en quelque sorte découpés dans une enveloppe plus large, l'autre, mais tissée du même coton rêche, incolore, carcéral. Il n'y a pas non plus entre la maladie et la vie de hiérarchie : maladie sordide et vie somptueuse, ou le contraire : vie terne, chaotique, interminable — maladie brève et royale. Même la mort, vidange où les deux courants de ma comparaison confluent et disparaissent dans le même tourbillon final, ne semble pas leur être réellement commune. Elles ne prennent pas l'heure à la même pendule.

J'en ai un peu assez d'habiter ma guenille avec cette obstination. Miss P. ne me passe aucune négligence. Je me sens ensaché ? Eh bien, occupez tout le sac ! Envie de prendre un peu d'exercice, du sport, de tâter de la *rééducation* ? Une solution toute trouvée : la course en sac. Certes elle n'amuse plus les enfants, mais quand les vieux s'y risquent, les blancs, les chauves, les boiteux — quels éclats de rire ! N'oubliez jamais d'être un peu ridicules. Pour amuser, ne faites pas dans la dentelle : le gros rire est prisé. Mais si vous tenez absolument à votre train de vie, rangez quelque part, pas trop loin, les mots provocation, pince-sans-rire, humour (noir) : à coup sûr, ils serviront.

À casse-voix

De quels surnoms ne l'ai-je pas affublée ! Certains lui vont mal et trompent sur mes vrais sentiments à son égard. Tiens, « égard », ce mot-là vient à point : je dois des égards à Miss P., alias la Cantatrice, alias la Sorcière neuronale, que j'ai habitué mes amis à m'entendre désigner sans détour, avec cette froideur brève qu'apprennent les patients résignés des couloirs d'hôpitaux. « Miss P. » restera son nom fondateur. Des inconnus croisés ici et là me le servent dans un murmure complice. Je m'apprête à entendre : « Moi aussi, vous savez... », mais le plus souvent c'est : « Ma femme aussi... Oui, Miss P... Alors vous comprenez... » Oui, je comprends, ou non je ne comprends pas, je ne sais plus. Je rêve parfois de solitude avec Miss P., juste elle et moi, sans explications à fournir, sans Grand Patron au regard-brillant-d'intelligence-et-de-douce-fermeté, sans hôtesse courtoise, sans paupières baissées pour faire de l'ombre aux confidences, sans kinési à la démarche souple et à l'accent chantant. Après m'être mis en scène je rêve de solitude, d'un p'tit coin de parapluie, d'une niche.

Savez-vous que je chante ? Sur les conseils de la Faculté, ainsi doit-on dire. Je ne veux pas savoir par quelles actions secrètes et néfastes Miss P. agit — et si méchamment — sur ma voix. Il y a à tout cela, bien sûr, des explications cliniques, chimiques, mécaniques : ma gorge en papier kraft, mes grandes eaux salivaires, les gélules du plus petit module coincées dans quelque repli de chair du laryngo (on dit bien conjungo...). On devine là, sans être un diagnostiqueur fameux, outre les affaires de démission musculaire et paresse des cordes, une sombre agitation du crabe, des raclements prémonitoires, une embrouille métastatique, la grande-ombre-de-la-mort — (« et allez donc ! C'est pas mon père... ») — tout ce sur quoi je suis résolu à rester d'une ignorance crasse et d'une frivolité fatale. En ai-je vu, des opérés à la cicatrice « en lasso », au torse zébré comme par Zorro, pour lesquels l'ingestion d'un yaourt posait d'insolubles problèmes et qui ont fini leur temps terrestre dans le gargouillement du lait caillé devenu épais comme goudron.

— Putain-con ! Veux pas le savoir.

Je suis le sous-off de moi-même.

La maladie, qu'on aurait pu prendre pour une punition infligée aux littérateurs trop occupés d'eux-mêmes, m'apparaît maintenant comme une mise en demeure, une provocation à laquelle je réponds avec un zèle sans doute intempestif. Je ne me voyais plus vivre : la maladie m'a rendu au spectacle de ma vie. Elle m'*occupe*, avec ses sourires gris, ses souris grises, son pas de l'oie, ses bourreaux noirs, ses règlements sur l'art dégénéré et l'élimination des éléments génétiquement impurs. Eh bien moi aussi je m'occuperai d'elle. Elle va me broyer ? Qui serait sot au point d'en douter ?

Donc, je chante.

Après la Malibran qui se trouva être, un moment, la rivale de la Parkinson, ainsi qu'on le découvrira ci-dessous, me voilà fan de la Castafiore. Comment en suis-je venu là ? Voix fausse, voix de fausset, chantant mal au point de provoquer, disait ma mère, pudique, des avortements chez les guenons. Eh bien, chantez, maintenant. Que diable viennent faire les singes ici, où il n'est pas question de la reproduction des anthropoïdes d'Afrique, mais de ces exercices de vocalise, imitation et musculation faciale, que me recommande mon opuscule bleu, « Art de se débrouiller dans les actes de la vie quotidienne, traité de vie pratique pour les parkinsoniens », par une réunion de médecins des hôpitaux. D'abord, les conseils d'usage : ouvrir la bouche en O, en pointe, en carré (ou à peu près), mimer la stupéfaction, la colère. « Exercices faciaux », annonce cette rubrique : cligner de l'œil, froncer le nez, gonfler une joue, puis l'autre — ce qui pourrait m'entraîner à ce qu'on appelait autrefois le « pet arabe ». Après cela, mastiquer, ruminer, puis passer directement aux exercices de diction. Ils doivent être faits devant un miroir (je devrais me méfier, le singe n'est pas loin) et consistent en sifflements, modulations de sons simples, répétitions de phrases non moins simples, lectures à haute voix « en y mettant le ton ». Le beau timbre du tragédien odéonesque début de l'autre siècle doit constituer un modèle. Mais, à y réfléchir, il n'est pas si facile de prendre le ton tragique dans les menus incidents de la vie quotidienne. Un conseil discret, dans un encadré couleur beau temps, me tire l'œil et la réflexion : « Précaution : faire des efforts pour communiquer avec votre entourage. » Ah, nous en sommes déjà là ? Cette lassitude que j'éprouve plusieurs fois par jour à la pensée qu'il va falloir me lever, me tenir droit, immobiliser ma main droite, mais animer les traits de mon visage — cette lassitude n'est donc pas causée par les trente minutes de marche de ce matin : elle est une donnée banale de la maladie. Inutile d'espérer en tirer du prestige. Mais j'étais loin de cette ambition quand j'ai découvert et dévoré l'opuscule bleu. J'ai commencé par détester ce qui me tenait prisonnier d'un sort ordinaire. Pas de mention, juste la moyenne. Je pousse hors de ma gorge, aussi fort que je le peux, des sons qu'une purée semble avaler. De phrase en phrase, et même de mot en mot, dirait-on, les sons que j'expulse s'amenuisent, s'assourdissent. Je crie à casse-voix des paroles inaudibles. Ce qu'exprime mon visage et ce que tentent d'exprimer mes mots : le contraste doit être si étonnant que les regards se détournent de moi. Ce gueulard aphone fait-il rire ? pitié ? À table je hurle à l'oreille de ma voisine qui, d'un geste, écarte la mouche importune qui explore son oreille. Voilà qui est plus juste encore : j'ai une voix de mouche. Je ne parviens pas à en tenir compte, à me taire. Je laisse les tresses entremêlées de deux ou trois phrases sortir de moi en nœuds, en chiffons de mots, en effilochures d'un discours dont je renonce à rectifier le cours, à filtrer l'écoulement obstiné — mieux vaut garder mes forces en réserve. Bientôt se dressera devant moi l'obligation de parler. Une de ces circonstances où l'on n'a pas le choix entre fuite et silence. J'aurai alors besoin de tous mes mots, et de les habiller décemment. Taisons-nous. Des regards se tournent vers moi, et même deux ou trois sourires : j'y réponds avec amabilité. Les paroles jetées au hasard retombent à mes pieds (comparaison avec un cerf-volant broyé, brisé) et, prenant mon élan pour maçonner une nouvelle phrase, je supplie la puissance qui règne en moi de me rendre un moment la parole, de fluidifier la bouillie, de rétablir un contact, de me rendre un instant le pouvoir de parler que j'ai possédé, il y a très longtemps, ailleurs, du temps de la vie, du temps que je vivais.

Sir James et les cantatrices

Je ne comprends pas grand-chose à tout cela. Regardons-y quand même de plus près. Plaçons-nous en 1971 ou 1972.

Voici un atelier d'artiste dans le style 1930 — petit escalier, loggia, blancheur. On dit que Stravinsky l'habita. Pour l'heure, entourés de rigueur espagnole et conventuelle : les Jouve.

Pierre Jean Jouve et son épouse, la psychanalyste Blanche Reverchon, n'appelaient que « la Boisrouvray » la très belle productrice du film *Paulina 1880*. Ils disaient, discutant la distribution des rôles, « pour Paulina il n'y a qu'à prendre la Boisrouvray... ». Un peu d'admiration, certes, pour sa beauté, dans cette proposition trop sèche, mais surtout l'agacement des êtres supérieurs devant les lenteurs et les scrupules des laborieux. Parfois Blanche se trompait et disait : *Albina 1880*. Personne ne la corrigeait. Il m'arrive, après trente ans, d'interpeller ainsi Albina : « Hé, la Boisrouvray ! » La formule l'épanouit, la magnifie. Après tout, rejoindre son amant, se donner à lui et le tuer sans éveiller un père endormi dans la chambre voisine (seul le coup de feu...), la prouesse mérite que le rideau se lève sur le théâtre rouge et or. Je regarde à la page 981 du cinquième volume du Grand Robert et j'y vérifie qu'il s'agit là — la Boisrouvray, la Malibran, la Tebaldi — d'un usage introduit en France depuis trois siècles, « à l'imitation de l'italien ». La liste des bénéficiaires, chez nous, de cette flatteuse familiarité est savoureuse : « Des artistes, des danseuses, des courtisanes, des criminelles... » Eh bien merci !

On trouve peu de cantatrices miraculeuses outre-Manche, cachées qu'elles sont par l'étouffoir des brumes anglaises. L'humidité couvre les voix que le soleil ailleurs avait dorées, chauffées. Je me demande donc où ce célèbre praticien britannique est allé chercher, à l'aube du XIXe siècle, celle qu'on n'appela plus, bientôt, que de son propre nom : « la Parkinson ». Était-elle prisonnière et victime de quelque nom infamant ? Espérait-il que ce patronyme (ou pseudonyme) anglo-saxon (lui-même étant l'auteur du baptême) brillerait d'un certain exotisme à la Scala, à la Fenice ou au San Carlo de Naples ? La Parkinson eût bénéficié de ce surcroît de gloire et de mystère qu'un siècle et demi plus tard récolteront les basses caverneuses, les danseurs russes, les violoncellistes japonais. Le calcul n'était pas mauvais. Il se révéla même excellent après que les modes successives des voix de haute-contre, du répertoire jadis destiné aux castrats, de la musique baroque (les *baroqueux*, disait-on, que je me plaisais à orthographier *baroqueues*, ayant tendance à attribuer je ne sais quelle vitalité amoureuse aux joueurs de viole de gambe), eurent habitué le public au naturel dans l'aveu des turpitudes, singularités et audaces, et à certain archaïsme. Comme il est d'usage de dire : « La Parkinson connut la gloire sur toutes les grandes scènes d'Europe. » On ne comptait plus ses fervents, ni ses victimes.

Une ruelle napolitaine

Sir James, en 1817. Je le vois, nonchalant mais l'attention en éveil, fumer son cigarillo (certains prétendent même sa cigarette : il serait alors un précurseur dans le cher vice), fumant, donc, sur les quais de Santa Lucia. Il observe son monde. Est-il plus attentif aux garçons ou aux filles ? Naples est la ville la plus libre, dans ses mœurs, parmi les ports où il erre plus souvent qu'à son tour : Gênes, Marseille, Barcelone. Sir James ne fréquente pas les quartiers chauds ; il a plutôt l'œil scientifique. Quelque part dans le Sussex, il a doté son manoir d'un cabinet de curiosités. On y trouve quelques monstruosités conservées dans des bocaux d'alcool : un sexe d'homme, atteint de priapisme pour l'éternité ; les doigts soudés d'une main de nonne espagnole qui forment palme : la malheureuse, soupçonnée de bestialité, a échappé de peu aux juges de l'Inquisition. Sur des rayons sont exposées les pièces les plus singulières d'une collection encore modeste. Racines de mandragore, énorme calcul extrait d'un rein d'esclave barbaresque, scorpion blanc de la taille d'une soucoupe. Sir James ne peut réprimer un frisson. Aurait-il attrapé les fièvres ? Il a passé trop de petits matins dans les ruines de Pompéi. Cette humidité... On dit qu'en creusant la terre à laquelle se sont incorporées les cendres on retrouve, surpris par la mort dans leurs attitudes familières, des habitants des deux villes enfouies. Ils sont devenus des vides aux formes d'un humain, des humains virtuels, des cavités, des absences. Nouveau frisson. Sir James repense — et le malaise se réinstalle en lui — à ces deux, non : trois hommes qu'il a aperçus dans les basses ruelles de la ville, là où des familles s'entassent dans des sortes de remises ouvertes sur la chaussée. Il est resté un moment à observer, le plus discrètement possible, un des trois hommes en particulier, qui, ayant pris appui d'une main sur le montant d'une porte (le même geste que le peintre aime imposer à son modèle), paraissait incapable de bouger de là où il était comme planté, les yeux sérieux et vagues, à l'écoute de quelque voix intérieure. À un moment il avait brutalement porté son corps en avant, qui avait paru basculer, plier, forcer les pieds toujours enfoncés dans la boue du caniveau. Tandis que son torse se courbait vers le sol et que ses mains tremblantes tentaient de repousser quelque horreur aperçue de lui seul

— dans la boue ? — ses pieds dansaient une gigue frénétique, tout à fait celle des marins gallois, parfois, le soir, sur le pont des vaisseaux de Sa Majesté.

Pendant que Sir James rêvasse, l'homme qu'il observait a tenté deux ou trois fois sa chance, en petites courses qui l'ont maintenu debout à grand-peine. La dernière le jette à terre, lourdement. Des gamins rient. « Les fièvres ? » se demande encore Sir James en cherchant machinalement son propre pouls. Un forgeron, ou un maréchal-ferrant, le ventre protégé par un épais tablier de cuir, se poste devant l'homme tombé qui se tortille sans réussir à se relever ; il lui tend la main et, d'une traction, le remet debout ; il lui parle de très près — que se disent-ils ? Soudain l'homme au tablier de cuir prend les mains de l'autre homme — la droite de sa main gauche, la gauche de sa droite — et l'entraîne à travers la ruelle où l'on note la présence d'enfants, de chiens et de chats également méprisants, d'une vieille femme qui tisonne un brasero. La bête à deux dos que composent le trembleur et le maréchal-ferrant a traversé la chaussée et s'est engouffrée dans un portail béant. On ne les voit plus. Sir James a pourtant sorti de sa poche un carnet et il commence à dessiner, de mémoire, l'homme immobile, puis l'homme en train de s'abattre, puis la façon dont son compagnon l'a emmené, le balançant d'un pied sur l'autre et marchant, lui, l'homme au tablier de cuir, à reculons, devinant sans doute comment la foule agitée des ruelles s'écarte, dans son dos, pour les laisser passer, ce qui amène un sourire idiot sur le visage du trembleur. Dans l'euphorie il ouvre ses lèvres sur un filet de bave. Sir James l'avait oublié et il note en marge de ses croquis : « Filet de bave », puis il ajoute cette mystérieuse indication : « Dans le soleil… » La bave va peut-être l'aider : « Y aurait-il une épidémie de rage ? Tous ces chiens et ces chats… » Alors, sur une page blanche : « Rage ? Passer à l'*Ospedale.* »

Le décor est d'un Hubert Robert, ou d'un Vernet (lequel ?) mais qu'envahiraient des éléments triviaux. J'y vois — sans vraiment le voir, car l'évocation est imprécise — Sir James flâner à la façon tout ensemble dédaigneuse et curieuse d'un bel esprit de son temps, d'un sujet de George III satisfait que la France insolente ait enfin été remise au pas, et que la puissance anglaise se sente jusque sur ces quais napolitains. On voit des rats filer entre les tas de grumes. Les stropiats et les aveugles abondent. À bien y réfléchir, Sir James a aperçu déjà plusieurs de ces paralysés trémulants, dont la tête et les pieds ne semblent pas fonctionner de concert. Il note encore : « Paralysie qui fait tomber l'homme en avant. » Puis il retourne vers la ville : la chaleur moite commence à l'incommoder.

On ne découvre pas une maladie hier « inconnue » : on l'isole, on mesure son périmètre, on la décrit. Tout devient une affaire de recension, de rubrique, de classement, et même son nom. L'homme qui découvre un trésor en est dit l'*inventeur*. Il est commode de nommer la maladie nouvelle d'après ceux qui l'ont repérée. Ses géographes, ses explorateurs. Sur les quais de Santa Lucia, Sir James voit des écriteaux : « *Isole*... » Ils indiquent où sont amarrées les barcasses qui mènent le voyageur jusqu'aux îles : Capri, Ischia. Sir James n'a jamais été tenté par les brèves traversées. Il laisse sa pensée courir sur ce mot : *Isole*. Les îles. Les isolées. Il pense que peut-être on reconnaîtra en lui, un jour de ce siècle ou du prochain, l'homme qui aura *isolé* telle ou telle maladie. Celle-ci, par exemple, qu'il flaire depuis quelques jours, comme un chien nerveux sent la douleur et la mort. Il y a à faire, à Naples ! Ville morbide, où prospèrent l'épidémie, la rechute, la peur de la contagion, où brûlent des feux au coin des rues, sur lesquels on jette des feuillages qui fument en dégageant un parfum âcre. Sir James tousse, essuie la sueur sur son visage. Il voudrait avoir regagné sa chambre de l'hôtel Tibère et s'y allonger, contempler les fissures du plafond comme le relief d'une terre inconnue sur une carte : songes, hypothèses. Ce soir il se rendra au théâtre San Carlo, où il oublie la mort. Il a appris à crier *Brava ! Brava !* quand une chanteuse vient de réussir une prouesse. Parfois il se lève et esquisse le geste de lui jeter des fleurs. « La Siniscalcotti a été fameuse, ce soir, n'est-ce pas, Excellence ?... » Sir James hoche la tête, à la fois triomphant et accablé : il n'a guère quitté la Siniscalcotti de la lorgnette. Il voyait palpiter ses seins et l'éternité coulait dans son cœur. Elle aussi il l'avait *isolée*, en quelque sorte. Il rêverait de tant aimer une cantatrice qu'il lui laisserait son nom, la brûlure de ses regards. Il serait son inventeur, son fanatique, sa victime.

Répits

Il arrive, sans explication plausible, qu'une rupture se produise dans la série des crocs-en-jambe et sournoiseries de la maladie. Un ennemi, quelque part, semble manquer à la vigilance. Bonté par omission ou distraction ? Mon cerveau oublie mon corps, ou mon corps, le cerveau, le temps de réussir dix pas comme à la parade. Tout un pan de vie, alors, s'écroule ; un autre se reconstitue ; je suis un homme nouveau. Vingt secondes passent puis le trottoir se dérobe, mes jambes mollissent, l'homme nouveau cherche de la main une épaule, un montant de porte, s'arrête, illusion soldée. Une stratégie peut être tentée ; elle consiste à bénéficier des distractions de la maladie dans les moments que je passe en compagnie, soutenu par la volonté et l'espoir de faire illusion, de porter beau. Quiconque m'observerait dans ces moments de répit m'attribuerait une forme de septuagénaire robuste. Attention, il ne faut pas *déborder* : trop tard interrompus, trop tôt recommencés, les signes visibles de la maladie font désordre. Remarquons-le sans acrimonie : l'attention que portent « les gens » à un canard boiteux excède rarement le temps d'un coup d'œil. Il est là ? Oui ? Alors de quoi se plaint-il ? « Je l'ai aperçu l'autre soir, en pleine forme... » Bon. J'ai dit « sans acrimonie »... Quel nom donnez-vous à ce sifflement d'amertume ? Se plaindre sans se faire plaindre, acrobatie subtile. Faire rire de soi sans devenir risible — et sait-on jamais quand on l'est ?

La maladie a cent façons de pénétrer dans nos vies. J'en connais une, je la raconte : comme *l'acqua alta* à Venise, non par déferlement mais par suintement. Soudain l'eau est là, apparue entre deux dalles de marbre au pavement de la basilique, entre quelques chaussures élégantes au bar du Gritti, et aussitôt des valets vifs et souriants roulent les tapis, hissent un fauteuil de Brustolon sur des piles de briques, établissent des passerelles de la porte jusqu'aux cages des ascenseurs. Quelle drôle de comparaison ! Vous en êtes content ? — Elle présente au moins l'intérêt de n'être pas pathétique. Des « hautes eaux » capricieuses, faire une fête : on peut toujours essayer.

Cette question, chaque matin, réapparaît à l'heure où j'ouvre mon manuscrit : pourquoi raconter ça, et le raconter ainsi ? Esquiver la question serait esquiver ma propre vie, et au moment où l'esquive n'est plus très honorable.

Essayons donc de dire la chose en simplicité. L'heure, d'abord, très matinale. Le ciel n'a pas encore lavé sa nuit. Ici ou là, l'Hermès media 3 sous sa housse. Je l'ai déjà dit, la même dans chaque maison : le monde est réduit au clavier de deux gris, verdâtre et gris, très schleu, très Burgonde ou Alaman, mes grandes tribus d'adoption. Ne nous perdons pas en chemin. Tout mon corps tremble légèrement. Si c'est de froid il me faudrait aller régler les radiateurs, et pour cela me prendre les pieds dans la peau de mouton posée sur mes jambes, et alors là — voir ci-dessus. La pétoche, désormais, assise à côté de moi, debout à côté de moi, donne sa couleur froide à tous mes gestes. Si c'est le tremblement, la tremblote officielle, irrémédiable (car les calmants, entre nous, ne calment rien et la dopamine ne dope guère ce fourbu, ce renonçant, cet inguérissable courtois qui s'efface pour laisser passer les dames). Voilà le mot : je m'efface, la maladie m'efface peu à peu, opération néant à laquelle je collabore avec une servilité théâtrale ; je tends à qui les veut la gomme et le Corrector. Ce texte me revanche peut-être, tapé à l'aube, à la sauvette : je ramasse le mercure partout dispersé quand j'ai brisé le baromètre fou dont la flèche bleue ne fréquentait plus que les zones de tempête.

Caractère le plus frappant de la maladie : on pense à elle sans cesse ni repos. Des répits ? Je les ai évoqués : vingt secondes. La nuit ? Oui, je veux bien, il y a le sommeil. Mais l'obligation de n'y glisser qu'allongé sur le dos, les bras le long du corps, non seulement déchaîne les quintes de toux et les étouffements aussi longtemps que dure l'hiver, mais engourdit peu à peu les pieds et les mollets qui, le matin, ont tourné au bois. Les pieds, s'ils se dressent à la verticale, supportent le poids des draps et des couvertures, comme un piquet, la tente ; les orteils se recroquevillent ; les ongles accrochent le drap, bref : les pieds deviennent indiscrètement présents. On résumerait mon sentiment à leur endroit en quelques mots : ça va, les pieds, faites pas chier… Mais ce langage clair ne leur est pas accessible. Point de lever, donc, sans lent réveil des panards bétonneux. Il ne faut pas être pressé. Le serait-on qu'on changerait vite d'attitude dès qu'on se risquerait à la station debout sur ces deux saucisses endormies. Quant au sommeil, puisque le voilà évoqué : il faut penser que chaque geste l'interrompt, puisque chaque geste est, sinon impossible, au moins douloureux. Je m'imagine parfois, lombric coupé par la pelle, frénétique, tortilleur, cherchant le refuge de la nuit terreuse et noire.

Le sommeil de la fin de la nuit, plus épais, a résisté à quelque posture incongrue qui me laisse courbatu pour plusieurs heures. Après quoi, vogue la journée, avec son décor désormais planté, ses jeux de scène bien au point : course en sac, marelle, trapèze sans agrès, sans filet, sans rien, salivation excessive, qui veut dire la goutte à la lippe ou à la barbe comme les enrhumés l'ont au nez.

Autre caractère de la maladie : ses effets se manifestent différemment selon qu'on les subit seul ou en compagnie. En compagnie — chez des amis, dans la rue, au restaurant, au travail — on est armé à la fois de pudeur et de prudence. On ne prend pas de risques. On ne s'aventure pas dans la traversée inutile d'un espace vide, dans la descente d'un escalier sans rampe. On s'économise, on fait illusion. On passe, un temps au moins, pour mieux loti qu'on ne l'est. Seul, on est bien obligé de naviguer plus au large. La maladie, comme offusquée par ces défis, réagit avec brutalité : on est soumis dans la solitude de sa maison, la nuit surtout, à toutes les humiliations. On ne fait plus deux mètres sans piétiner, déraper de côté, partir à la renverse. On tâtonne frénétiquement à la recherche d'un coin de meuble, d'un dossier de fauteuil. On lâche les livres qu'on tenait afin de se libérer les mains, mais le boucan, la rage d'abîmer les reliures, le côté spectaculaire que va prendre la chute : tout en augmente la vraisemblance et l'horreur. On se rattrape en général à un mur, une main faisant office de tampon, et le mur, de butoir.

Parigot tête de veau

Par exemple, planter un clou. Planter un clou à bonne place et distance, c'est-à-dire équidistant des points qu'atteignent mes mains dans les gestes les plus familiers, en tenant compte de mon allonge et de mon envergure aujourd'hui restreintes, de mes besoins, de mes limites. Planter *un* clou et y accrocher un objet usuel, une pensée à la fois fuyante et répétitive, un mot fugueur. L'âge, ce matin d'anniversaire, me vaut ces sonneries du téléphone (elles se font rares) et des phrases si prudentes… Parlons-en.

Chacun se débrouille comme il peut avec son temps particulier. Fixer un âge idéal, par exemple, à l'intérieur duquel on se sente assuré, rassuré. Inexpugnable ? Non, ce n'est pas l'ambition. Disons qu'on s'y sent confortable. J'ai longtemps tâtonné avant de fixer le mien à vingt-huit ans. Un âge où l'on reste au volant six heures d'affilée sans somnoler ni pisser. Où l'on a « jeté sa gourme » (ma mère semblait très au courant, dans les années trente et quarante, de l'économie de cette « maladie de pauvres », comme disait l'Hermine de *La Sauvage*). Encore qu'elle (ma mère) me parût plus portée sur le côté rituel de cette crise de jeunesse que sur ses aspects scabreux. « Mamie est branchée vertu », aurait-on dit à l'extrême fin du siècle passé. On enterrait sa « vie de garçon », dans la famille. Nos lurons étaient pourtant des plus tempérés. Vingt-huit ans, âge parfait pour être le jeune aîné d'une colombe énigmatique, et bientôt le père, déjà respectable, d'un gamin que l'on pourrait encore affronter au tennis dans dix ou douze ans. Âge si bien choisi qu'il était sage de s'y tenir. Je les ai portés, vantés, ces vingt-huit ans, de mes vingt à mes soixante-six environ. Considéré sous sa forme allégorique, emblématique, cet âge m'a permis de conduire longtemps des Alfa Romeo, des intrigues compliquées, des investigations à hauts risques. Côté amoureux, chuchotements. Un peu juste au déduit. De jolies douceurs, si les circonstances étaient favorables, mais des prouesses moins flatteuses dès lors que le décompte des années passait du symbole à l'état civil. Passons. Passons comme passait le temps, qui ne se laissait pas tromper si aisément. Donc, banal, durer. Jusques à quand ? Ici, chacun obéit aux suggestions d'une numérologie particulière. On se verrait bien, sexagénaire encore vert, fauché par un platane vagabond arraché lors d'une tempête dans le Sud-Ouest. (Le Sud-Ouest est prédestiné aux « cyclones du siècle », formule aussi chargée d'émotion que « la grande touffeur aquitaine », inséparable des familles à la Mauriac, des femmes moites et impures, ou maigres et calcinées — c'est selon.) Certains ne craignent pas de défier le grand âge : citations de Saint-John Perse, agaceries aux nonante ans et davantage. Pour ma part, je ne me suis jamais imaginé résistant au-delà des soixante-treize ans. Une chance, peut-être, d'atteindre soixante-quatorze ? Mais avec qui négocier ce rab ? Au-dessus et au-delà, en tout cas, rien, le noir, le vide. Aussi quel ne fut pas mon désarroi quand, avant-hier, et autant dire par hasard, je me surpris à prendre au milieu de la matinée, l'acte de naissance faisant foi, mes soixante-quinze ans. Émerveillement, actions de grâce ? Panique, incrédulité ? Rien de tout cela. Rien que l'embarras devant l'imprévu. Mais regarde-toi ! — Je n'avais jamais espéré... — Quoi ? — Ce que j'appelais « être immatriculé à Paris ». La plaque des têtes de chien... Tu te rappelles : Parisien, tête de chien ! On nous traite d'écraseurs, forcément, des Parigots... — Tête de veau ! Bon, bon. Désormais, inutile d'être un soixante-quinze pour qu'au passage on nous fasse le tire-bouchon dans la tempe, ou la pine basse des gâteux. Nous y avons droit ! Nous sommes de la vieillesse comme d'un département... Nous relevons de la Préfectorale, alléluia ! J'avais fini, de révolte en complicité, par devenir ce mec trois-pièces, ce gilet-cravate, ce gigot-flageolets, ce plutôt maigrelet, cet homme au carnet vide dans lequel on ne croise que des femmes au carnet vide elles aussi. Extrême solitude, caricaturale, de l'homme et de la femme naufragés sur l'île du grand âge. Encore heureux qu'on n'ait pas faim car les réserves sont épuisées. Vide, le garde-manger. Une confidence, une promenade, une baise ? Ces articles ne sont plus en stock. Fin du produit.

Une fois de plus je me suis laissé entraîner par le souriant pathétique — sourire enveloppé dans un reniflement, les yeux brillants, etc. Je n'avais pourtant aucun sujet de plainte. Ma gaieté, ma fameuse gaieté l'emportait. Je me tasse dans ma bougonnerie, comme un ado mal élevé scotche au dossier de sa chaise un dos qu'ont amolli déjà toutes les scolioses de la flemme et de l'ennui. « Vous adossez-vous parfois à la tapisserie de votre fauteuil ? » avais-je une fois demandé à Violette de T., dont la raideur, la verticalité, la rigidité princière du squelette m'avaient impressionné. « Je n'en ai jamais éprouvé le besoin », m'avait-elle répondu. Hélas, sa conversation n'avait pas davantage de délié que ses attitudes. Je m'aperçus, me taisant, que le silence est presque aussi élégant que l'osseuse fierté du grand genre, qui, entre autres avantages, présente celui d'éviter au muet de faire pivoter sa tête : les yeux fixés à l'horizon de son silence, il s'y plonge dans une ivresse des grandes hauteurs comme il y a celle des profondeurs.

Je précise, en tête de ce chapitre, le chiffre de mon âge. Mon origine, mon adresse, mon âge et même une sorte de rappel à la prudence — une *limitation de vitesse* en quelque sorte. Me voilà devenu un homme « à gros numéro », comme il y avait autrefois des Maisons (ah, la phrase de Jouve : « Il arriva à Paris les poches pleines d'adresses de Maisons… »). Le mal et la rédemption cuisent à petit feu dans des trouvailles langagières de cette qualité-là, et de cette force. La « qualité Anniversaire », comme il existe, pour les objets, la « qualité Musée ».

Ainsi s'est écoulé, bille et gomme à la main, le jour de mon soixante-quinzième anniversaire. Temps de dormir.

Oies blanches, noires et rouges

Petit soldat, la loi martiale est proclamée. Trompe ton monde, marche au pas, et même au pas des oies, de triste et comique mémoire : je suis devenu un de ces hommes au front bas qui rêvent de réussir le jeté frénétique de la jambe raidie, de la botte braquée en manière de canon à longue portée, comme s'il s'agissait de botter un cul récalcitrant, droit devant, à la soviétique ou à la nazie, au choix. Non, pas tout à fait : le schleu visait moins haut, privilégiant l'instant où le talon frappe le sol avec une violence sourde, ce qui exigeait et entraînait la raideur quasi cataleptique de tout le corps soudé, densifié, massifié, nuque en général bloquée de côté (le côté où le dictateur se dressait, lui aussi en état de raideur avancée). Le pantin soviétique paraissait plus danseur, plus joueur. Oie ludique. D'abord, pour rattraper son équilibre que menaçait le coup de pied à la lune, l'Ivan devait rejeter le buste en arrière, mouvement que l'immense casquette à la russe, auréole de plomb, semblait accentuer. Le fusil, baïonnette au canon, était tenu à quarante-cinq degrés, à peu près selon l'angle nécessaire pour achever d'une balle bien placée le houligan ou le pervers bourgeois qu'Ivan avait l'air de bourrer de coups de pied dans le fondement depuis dix minutes qu'étaient apparues les murailles du Kremlin et la place Rouge. Je détaille la mécanique de ces gesticulations guerrières ridicules (seule ne l'était pas la peur qu'elles inspiraient) parce que l'espèce de danse inventée par les mauvais génies du temps constitue, pour mon kinésithérapeute, l'idéal du mouvement de rééducation qu'il est chargé de m'apprendre. « Rééducation de la marche », dit l'ordonnance : c'est cela même. Il me faut, sur ses conseils, redresser le torse, « dégager » la tête (ah, j'aimerais, certains soirs, *dégager* ma tête comme on fait, militaire, pour une unité imprudemment aventurée dans les lignes ennemies, l'arracher — ma tête — au tintamarre de grattements, sifflements en quoi se métamorphose le silence qu'autour de moi on semble apprécier), m'avancer d'une allure franche et assurée en levant les genoux aussi haut que possible. Il me reste à user de ma canne comme fait le tambour-major de la sienne, osant des jets de plus en plus risqués, ajoutant de la grâce à sa démarche en tendant le pied bien cambré, dessinant au sol la calligraphie artificielle d'une gavotte ou d'un menuet — tout cela supposé améliorer mes bégaiements et piétinements.

Par paradoxe, d'autres pas, qui sont loin de posséder l'aura légendaire du pas de parade des grandes machines à dominer et humilier, présentent des affinités non pas avec le traitement que m'applique le kinési, mais avec les signes du mal qu'il traite. Je pense aux pas glissés de certaines troupes britanniques, ou, mieux, au célèbre pas retenu, ralenti, dominateur, qui a tant fait pour la réputation de la Légion étrangère. On connaît sa façon de descendre les Champs-Élysées, chaque 14 Juillet : précédé d'un silence et suivi d'un autre silence, afin que les échos allègres et cocardiers des cliques ordinaires ne viennent pas troubler son orgueil désenchanté, le contingent des légionnaires cumule les allusions à la souplesse des fauves, à la nonchalance des hommes fatigués d'être beaux, et aux comportements stéréotypés des commandos, paras, bérets verts, ou noirs, ou rouges, que le siècle écoulé a appris à vénérer et à craindre. Je pense à ces glissements, à ce large balancement des bras, à ces visages bloqués-levés comme à des représentations complaisantes de la somptuosité mâle, dont Arno Breker, le Praxitèle hitlérien, proposait les modèles et champions les plus léchés, qui rendaient moites les pauvres fillettes de France à qui manquaient, vers la Noël 40, deux millions d'hommes retenus dans les camps, le calot sur l'œil vague, avec leurs capotes pisseuses sur lesquelles on avait *tagué* un K G infamant.

Je laisse se plier et déplier les cartes perforées du Pianola (mais est-ce bien le nom, ou la marque, du moulin à musique auquel je pense ?). Aragon en fait usage dans ce poème — *L'Étrangère* ? — où meurt une pute dans l'Allemagne nocturne de l'autre après-guerre, « dans les hoquets du Pianola... ». La rime ? Lola, bien sûr. Une des évocations possibles filant vers Nantes et la *Lola* de Jacques Demy, l'autre vers Apollinaire et celle qui se mettait sur la paille / pour un maquereau roux et rose / qui l'avait venant de Formose / tirée d'un bordel de Changaï... Vivre se réduit parfois à une donne sans fin : non pas les cinquante-deux cartes du jeu mais d'inépuisables contingents de rois rouges, de reines barbelées et fatales. Oui, des cartes. Mais au jeu de la vie on n'en redemande pas, alors qu'en écrivant ce livre je peux toujours feindre un malaise, implorer assistance, qui consiste à tromper le sort, à tirer du paquet une dynastie nouvelle, cartes soyeuses et glacées qui glissent entre mes mains comme les souvenirs dans ma mémoire. Je bats mes souvenirs, je les coupe, je les joue, atouts maîtres ou poussière du hasard, et les regarde réorganiser en dehors de mes craintes et de mes espérances une image cohérente de mon passé. Un livre n'est plus autre chose que le détail, pli par pli, levée après levée, de cette partie menée par une ombre contre des simulacres.

Liste de mes adieux et renoncements

À quinze ans, âge de la vie intense et de la dérision jamais rassasiée, je n'aurais pas manqué de *dresser une liste*. Je pratiquais aussi les programmes, les décisions irrévocables (généralement au dos d'une enveloppe chiffonnée), les bilans, toujours en colonnes, l'essentiel étant écrit en abrégé, non par goût du secret, mais par cette folie de *faire vite* qui ces dernières années a bien failli me jeter à la vraie folie, avec cris, jurons, petits objets brisés, etc.

Ma liste aujourd'hui : liste des honneurs dont m'a privé la cantatrice, et, accessoirement, prévisions raisonnables sur les prochains arrachements, renoncements, esseulements.

Ont été déjà emportés aux limbes des projets avortés tous les cérémonials du voyage. Naguère je dévidais encore, sur l'air de la joyeuse désolation, mon « Orléans Beaugency, Notre-Dame de Cléry, Fantômes, Fantômes ! ». Peu de noms m'auront fait autant rêver que ceux-là, à m'en rendre le « gentil dauphin » sympathique... Les invocations rendues à l'exotisme convenaient au garçon que j'étais alors. Je devrais mon idéologie à l'Exposition coloniale et ma croissance à « Ya bon Banania ». Cela donnait : — liste : baie d'Along et Machu Picchu, Refuge Vallot et la Haute Route selon Chappaz, la Muraille de Chine et l'écroulement des falaises de glace polaire sur les rivages où nageotent des ours au sang épais. Des regrets romanesques, élégants, historiques, tapissaient le fond de ma nostalgie : un homme chamarré frappe de son poing ganté à la porte de la crypte des Capucins ; des dandies aux chaussettes roses suivent, sur les pelouses de Glyndebourne, le majordome qui porte un panier de pique-nique de chez Abercrombie et Fitch ; les plus aventureuses petites calvinistes de Genève suggèrent avec tout leur corps la liberté qu'elles ont conquise. Leur impudeur est profonde, revendiquée et exercée comme un privilège, mais les voilà elles aussi inaccessibles, aussi loin de nous, de moi, que les montagnes perdues des Andes péruviennes ou les maisons aux jardins en pente vers le lac. Loin ? Loin d'où ? Nous connaissons l'histoire. La maladie dispose d'une vitesse impitoyable : je la nomme « les années pénombre ». Si la lumière nous parvient du soleil en huit secondes, l'ombre voyage beaucoup plus lentement. La maladie nous *déplace* insensiblement. Parfois il nous semble que le paysage a changé, change, et sans doute avons-nous dormi puisque les sensations du réveil nous attendaient, ici où se décomposent et compliquent mes gestes. Je regarde autour de moi : rien n'est plus, ne sera plus pareil.

Suite de mes listes ; allons-y !

Liste des inaccessibles, des improbables, des refusées d'avance — les seules qu'il valait la peine de conquérir (pardon pour « conquérir », verbe commode et un rien tarte...). Plus jamais je ne guetterai un signe, un premier signe, l'ouverture inespérée d'un chemin barré, ce regard soudain adouci, chaud, qui dure une seconde de trop, et déjà des mouvements vifs emportent l'image : des cheveux, de la jupe, qu'une rafale, comme de la hâte, de l'insouciance, anime. Est-elle à prendre ? Plus jamais tu ne te poseras la question. C'en est fini des convoitises, des comédies, des coquetteries, de toutes les chatteries à griffes et à ronronnements. C'en est fini. Tu resteras immobile et tu écouteras ta mémoire.

L'inespérance

Je m'étais éloigné de mes bases. Je ne cherchais pas à décaper les jours de la croûte malsaine qui les rend moins vulnérables, et, dans le même temps, les dispose, dirait-on, à « attraper n'importe quoi », peste ou crabe. Je m'expliquais sur la « tristesse de l'homme sans Dieu ». Elle a belle réputation chez qui héberge Dieu. N'est-ce pas là justement ce qui s'appelle bénéficier de la « présence réelle » ? On parlait peu de la présence irréelle, me semble-t-il. Beau sujet. J'entendais des mots sortir de moi précipitamment, dans ce cafouillage plein de borborygmes semi-liquides que les indulgents appellent « un débit passionné ». Parmi d'autres mots j'entendis : « comme une absence de tout, un doute absolu et noir, une inespérance ». « Inespérance », mot qu'il me semble inventer et qui me parut chuchoter le scepticisme où de jour en jour je m'enfonçais plus profond.

« Inespéré » : même famille ? Que non ! Un score, un rendement, un bénéfice sont inespérés. Vers huit heures je sens ce parfum de feu froid, de lit défait. Vous vous sentez conquérant, heureux homme ? Deux marmottes sifflent, indécises, sur le seuil de leur terrier. Les mots dont nous devons polir la patine, fêter l'événement, paraissent avoir peu servi. *Inespérance* est comme un sou neuf qui brillerait doucement dans la pénombre d'une poche. Imagine-t-on cela ? Sifflement étouffé des dormeuses à tête de rat qui se dressent pour surveiller la montagne. Sentinelles ? Qui veille sur quoi, sur qui ? Je ne sais pas encore si je vais me glisser dans la douceur de ce mot-là, ou l'oublier. Ce livre inachevé s'éloigne déjà de moi. Il me résiste sourdement. Mes interlocuteurs me cernent, me pressent : où est votre âme ? Qu'avez-vous fait de votre âme ? Ils m'observent avec cette incrédulité navrée des maigres jouisseurs devant l'agnostique, l'athée : « Quoi, rien ? Pas le plus petit souffle d'oxygène métaphysique ? Le noir, le noir absolu, peut-on vous croire ? Peut-on supporter cela ? » Mais oui, écoutez, les mêmes mots me reviennent : « comme une absence de tout, un doute absolu et vide de toute substance… » Peut-être, cette feuille tournée, oublierai-je l'acharnement des chasseurs, la folie meurtrière des chiens, et serai-je prêt à partir jusqu'où la maladie m'emportera, loin, très loin. — Loin d'où ?

Déjà, la signification des mots me rattrape. Loin d'où ?

L'aggravation

L'aggravation est manifeste. Ponctuelle ? C'est vrai. Voilà qui raccourcit la portée du coup. Je vous sens ragaillardi. N'affichons pas le grand deuil. Quel est le cher disparu ? Le sens de l'équilibre, à peu près perdu. Enfin, distinguons entre l'espace du dedans et celui du dehors : calfeutré à la maison, vieille carne cuite à l'estouffade, chaque couloir, coude, étrécissement, seuil, coinstot ou palier de la maison parisienne est devenu piège. Jusqu'au mois dernier je résistais mieux, bien que seul, à l'entraînement de la chute. Il semble désormais que l'absence de témoins (où sont-ils passés ?) me complique les choses. J'ai peur (on tremble aussi de peur) devant chaque obstacle négligeable, virtuel ou imaginaire. Froid, nervosité, simple insurrection musculaire ? J'ai vu jadis des chevaux trembler ainsi à l'approche de Vaugirard. Le quartier sentait la mort. Mon trépignement devient frénétique : devant quel abattoir ? Si je ne me retiens pas, au moins d'une main, à un relief ou à un surplomb du mur, de la boiserie, d'un meuble, je me sens comme jeté à terre. Quelle poigne ! Quel que soit l'ange déchu qui assure mon gardiennage, chapeau ! Les dix doigts de mes mains sont douloureux, crispés de m'avoir retenu au-dessus de tant de vertiges. Situation nouvelle : les mains occupées, je ne peux plus m'aventurer dans la maison, à l'exception des mornes plaines où je suis capable encore de débouler au galop vers Balaklava dans la poussière, les cris, les hennissements de la *Light Brigade*. Occupées, donc, les mains, ou crispées au fond des poches, ou l'une aidant l'autre à porter une pile de livres, un compotier plein de fruits, etc., je suis la tortue retournée sur le dos. Une main immobilisée et me voilà bloqué, glacé, en extrême péril d'écroulement et de ridicule. Si mes deux mains sont libres, je les tends comme des antennes, comme des yeux de crustacés montés au bout d'aiguilles à tricoter dont ils simulent la boule terminale — laquelle permet de serrer et de compter les mailles et interdit aux tricoteuses sales de se gratter le cuir chevelu.

D'où vous êtes, voit-on bien le personnage ?

Les mains ouvertes, les avant-bras écartés, marchant à tout petits pas sur les braises de l'ordalie, il cultive ses ressemblances diverses : avec un grand singe, une langouste, un fakir retiré des mystères, un fildeferiste, Mister

Magoo. Au prix de ces compositions, ou propositions, une stabilité relative peut être conquise. Encore faut-il penser à allonger le pas, conseil répétitif et comminatoire plusieurs fois, ici même, reproduit. Pour le reste, en progrès mais peut mieux faire : qui en douterait ? « Allonger le pas » : effort des randonneurs entre deux âges que la pluie risque de surprendre, ou les mots mêmes du commandement que j'aimais, adolescent, car il annonçait, au manège ou à la carrière, la première détente de la monture et du cavalier depuis le début de la reprise… « Allongez l'allure… » Et dans un coin, profitant de l'élan, de la juste position de ses mains, une rêne haute, desserrant les doigts et serrant les genoux, le cavalier — ah, il s'agit d'un autre monde, il y a si longtemps ! — le cavalier creusait comme un lit de souplesse, une houle, une griserie, et s'efforçait de diriger la fougue tumultueuse de « Mascaret », l'alezan bien nommé, vers la discipline à trois temps d'un galop « dans une assiette », cette valse lente, cette allure des princes.

Au contraire, à ciel ouvert, ou rassuré par de longues et larges perspectives vides, je redresse le torse, essaie de poser un peu plus loin mon pas — auquel je suis néanmoins tenu de *penser* — accélère ma perte d'équilibre en donnant l'impression de la poursuivre, m'offre la sensation de retirer mes jambes, l'une après l'autre, de ce buisson de bâtonnets d'ivoire qu'à dix ans m'avait révélé le jeu aujourd'hui oublié des jonchets, auquel j'attribuais des vertus paysannes et orientales à la fois. Il y a en moi du péquenot et du mandarin, grâce à quoi sans doute je gagnais souvent, si fier de posséder la main-qui-ne-tremble-pas, déjà destiné par la rumeur familiale à devenir chirurgien puisque l'X, son épée, son bicorne n'étaient décidément pas dans mes idées.

Alors, quelques progrès ?

Dérisoire

… Ils forment, mes progrès, une digue dérisoire que bat la mer. Je suis en perpétuel danger de buter sur rien, de me faire prendre à la glu du vide, mais tout ce qui n'est pas de l'ordre de la chute, du rien, du vide, va mieux. Mes intimes poussent des sifflements d'admiration quand ils me voient piquer non pas du nez mais une discrète pointe de vitesse. Il semble aussi que je m'exprime plus fermement, en phrases mieux articulées, argumentées. Bref je redeviens en moins de deux le puant singe savant que je me désolais de n'être plus. Je vais même si bien, à en croire les témoins, que l'on pourrait retirer la maladie de l'ordre du jour. Qui vote la proposition ? Je m'abstiens, prudemment, et préfère consacrer mon loisir à perfectionner le pas glissé, « argentin », « danses de salon et de caractère », comme il était annoncé sur la porte de Mme Almanzor. Mon salut est dans ces parages, j'en suis convaincu. Vite-vite-lent, pas balancé, pas hésitation : le rythme même de la maladie, autant l'apprivoiser. Non pas « la vie, ma chère, ça se bostonne », mais la vie, Monsieur, ça se tangote. Verbe osé pour lequel je cherche aussitôt une rime richissime. « Tu ligotes la mendigote et la manges à la ravigote. » Rien à faire, ça sent la tisannerie et la prison. Même « tangoter » pue la soupe, et gigoter, et dégotter. Et mégoter. Mégoter quoi ? La dérision où s'enfonce peu à peu ce reste de vie comme un navire se couche dans la vase de l'avant-port. Les mots pour mourir. Que les mots servent à déshonorer la maladie. Ils appellent ça humour, élégance, les ploucs ! Élégant, moi ? J'entends mes dents grincer, je vois mes mains trembler. Je ne touille que par dégoût cette crème où nagent les mots comme des grumeaux. Gros mots ? Grues-mots, mots crus : manquent de cuisson et de méfiance. Tous les mots ne doivent pas être gros, ni crus. J'essaie de survivre à ce torrent qui m'emporte ; je bois la tasse ; une branche m'assomme au passage ; je suffoque. Voilà la sensation cherchée, redoutée : la suffocation. Bas de soie ou sac de plastique de l'étrangleur — simple question de dosage, de vigilance, d'excitation. Belle mort, non ?

Un inconnu m'a téléphoné. Atteint du même mal que moi, dont selon lui le traitement l'avait ravagé, puis précipité dans un long épisode maniaco-dépressif, il se sentait pris à la gorge, menacé d'abandon total et final — bref : il avait mis tout cela en mots. Voulais-je lire l'ours ? (J'en écris avec une feinte désinvolture : l'homme était visiblement à bout de souffle. Nulle intention en moi de le rabrouer.) « Envoyez-moi ça », lui ai-je proposé le plus calmement possible. Là-dessus, en trois semaines, plusieurs appels de mon interlocuteur : encore quatre pages à corriger ; un scrupule de dernière heure ; de la tristesse à écoper car la barcasse prenait l'eau. Enfin, hier, arrivée de trois cents pages vierges de tout énervement de plume. J'appelle ainsi les corrections expédiées deux heures avant le courrier. Imprudence immédiate : j'ouvre le volume, le flaire, bientôt le lis. Je survole la garniture : on *plante* le décor, on *brosse* des portraits rapides, etc. Maladresse d'angoisse. Bientôt je parviens à extraire du corps romanesque (ou voulu tel) les fibres nerveuses, souffrance, peur. Le défaut du texte saute aux yeux : l'auteur a voulu « faire l'écrivain ». Dès qu'il oublie son effort, des choses fortes et terribles lui échappent.

Mais voilà qu'en quelques paragraphes elles me deviennent insupportables. Le bougre a creusé la question. Je l'imagine parlant ainsi, dans le genre de l'oncle D., qui était centralien et portait des gilets croisés comme seuls s'y risquaient encore quelques marcheurs fatigués dans les stations thermales. L'oncle D., donc, affichait sa passion pour les ouvrages de référence. Il hantait les bibliothèques publiques où il passait des heures, piété dans le coin des encyclopédies. Il pouvait réciter par cœur les articles les plus troublants du Larousse médical : il feignait d'hésiter sur un mot, entre deux formules, afin de n'être pas accusé de « par cœur ». À la maison, pas trace de l'indispensable compagnon des adolescences d'avant 1940. (Plus tard, nous serons débrouillés par telle ou telle fornication surprise dans les fossés de l'exode.) Pour l'heure — les années 1937-1939 — j'en étais réduit à consulter à la sauvette, chez des copains, ces *dicos-crevards*, comme je les appelais, où l'on pouvait apprendre par reflets, par ricochets, quelques bribes des merveilleux secrets de l'amour, à la condition de savoir les chercher, les joues déjà rougies par la honte de pareilles curiosités, entre les sulfureuses colonnes consacrées aux chaudes-pisses et aux chancres mous.

Il reste en moi trace des ravages qu'exercèrent alors, dans ma quête de connaissance du plaisir et de la joie, ces détours par l'abjection. J'écris « joie » à cause des poèmes de Patrice de La Tour du Pin. Ils firent souffler la tempête sur quelques années de ma jeunesse, et passer dans son ciel des vols de migrateurs. Mais le contrepoison était insuffisant. Mon horreur des dictionnaires médicaux était devenue telle qu'il ne me vint pas à l'idée d'y chercher l'article consacré à la célèbre cantatrice que le Dr Parkinson entendit couiner au San Carlo un soir de 1818. (D'ailleurs n'aurais-je pas été tenté de mesurer, à la frivole, la longueur du texte et la chaleur des mots, comme je fais dans un « panorama littéraire » ?) Les deux mots « issue fatale », aperçus du coin de l'œil un jour de malencontreuse distraction, m'avaient sonné. J'avais fanfaronné. Et même ri de façon convaincante — « Pardi ! Vous en connaissez, vous, des septuagénaires engagés dans le processus d'une maladie célèbre, évolutive, inguérissable, autant dire passagers d'une voiture sans frein, et qui ne se sont pas accoutumés à l'idée de l'issue fatale ? » Heureux, mais pas stupides. Aucune raison, donc, de me méfier du récit de mon correspondant inconnu. Et voilà que deux, trois notations précises, *crues* (c'est donc ici qu'elle devait ressurgir, la crudité ?) me frappèrent de plein fouet. Ainsi, cet homme à la voix si timide, si effrayée quand il me parlait au téléphone, avait osé, lui, l'affrontement aux mots les plus blessants. Continuer ma lecture ? Autant marcher sur du verre brisé. Et j'eus peur. Je nommai mon indifférence, mon refus de me renseigner, de me *documenter*, du seul mot qui lui convînt : la peur. Depuis des années je détournais la tête quand j'apercevais le nom honni dans le titre d'une page médicale de journal. Je me levais et fuyais, chez des gens, si un médecin me serrait de près. Et mon goût pour les anesthésies, les plongées dans le coton blanc où résonnent les voix ? En vérité, ma trouille était omniprésente, intense, permanente. Ma superstition aussi, mon enfantine superstition qui croyait effacer une menace en ne la nommant pas. Les défenses que j'avais bricolées autour de moi, auxquelles j'avais fini par donner un air insolent, peut-être même assez chic — la canne, la main virilement posée sur une épaule amie — tout cela fondait comme beurre au soleil dès lors que je restais tremblant, terrorisé, devant le manuscrit ouvert où m'attendait mon vieil ennemi : le courage.

Le courage, qui n'était pas élégant, ne se nourrissait pas d'humour ni de jolis coups de menton, et s'accommodait mal de la ruse dont je l'avais enveloppé. Le courage qui consistait peut-être, simplement, à se mettre comme naguère « aux abonnés absents », et la fermeras-tu, enfin, cette grande gueule ? La débâcle musculaire commence à la laisser flotter. Te tairas-tu enfin ? Regarde pendre ton menton. Voilà, voués à court terme, tes sourires au rictus, et ton discours à la bouillie. À court terme. N'avais-je pas noté déjà, après avoir essuyé des regards, ce tremblotement du menton, comme d'une gelée, cette paresse de ma gorge à prononcer ? Tout,

tout était là, dans l'admirable graphie du traitement de texte, tout ce que mon correspondant avait eu l'héroïsme de repérer, analyser, décrire, dont il nourrissait sa résistance au mal et ruinait mes dérisoires dérobades. Je suis — je ne le savais pas — de la race qui demande, face au peloton, le bandeau noir.

Chute, rechute et dix de der

Est-il volontaire, le désordre dans lequel j'évoque la maladie ? Quelle répugnance, en moi, résiste-t-elle à la chronologie de l'emprisonnement progressif ? Peur d'ennuyer ? La reddition amoureuse après la gifle, la mort après le poison, etc., enchaînements fastidieux. Et puis, je n'ai pas voulu suggérer l'angoisse qui se faufile à petit bruit dans la saison sereine. J'ai cédé à la volupté d'un peu de pathos. Chêne qu'on abat, musique de mots tressés de réminiscences, glas discret sur la campagne d'hiver : je sais faire cela. Essayons d'y voir un peu plus clair : dégivrage, soufflerie maximum, les balais de l'essuie-glace répètent leur dénégation obstinée.

Depuis le solstice d'hiver, rien ne s'est passé, qu'une aggravation absolue, et à cause de cela presque invisible. Je suis tombé, combien ? six ou huit fois peut-être. En trois semaines, le chiffre n'est pas spectaculaire. Mais l'essentiel est dans les trente ou quarante bûches dont chaque journée me glisse dans le corps la vraisemblance, prêtes à l'usage, et qui sortent de moi en salves de trépignements, en plongées rageuses, me courbent comme un soldat en patrouille se recroqueville, se rapetisse, amenuise la cible, frissonnant de peur rétrospective après s'être senti vaciller dans ces saharas de moquette nue, de pierre dure, de glissants tapis. Mais comment parler de peur rétrospective quand les piétinements se succèdent au point de ne plus faire de la traversée d'une pièce qu'un seul vertige apeuré, capable de me précipiter au sol à chaque velléité de redémarrage, à chaque mystérieux effort pour arracher un pied, une jambe (également ankylosée, donc devenue abstraite : des souvenirs de chair et de muscle qui ne s'extraient du piège imaginaire qu'à l'ultime instant, quand déjà les doigts s'écartent et laissent tomber le livre ou le verre qu'ils tenaient, quand la bouche s'ouvre sur un cri de rage, un juron ai-je dit) ? Voir ci-dessus.

Je fais tapisserie au bal de ma vie

Je fais tapisserie au bal de ma vie. La formule n'est-elle pas bien tournée ? Pâle, endimanché, accablé d'ennui, j'écoute des voix chuchoter un dernier adieu à l'homme que je fus, paraît-il. Se demande-t-on pourquoi mon carnet de bal reste désormais vide ? Dents blanches, haleine fraîche ? Non, ce n'est pas cela. Un « dossier », une affaire, quelque part ? Non plus. Force est de chercher plus profond. En deux mots : j'ai pris mes distances. On ne me les a pas refusées.

De temps à autre, Frédéric, mon cadet de quatre décennies, me rappelle avec une suave et fraternelle cruauté que j'appartiens à une génération agonisante. Que dis-je : disparue corps et biens dans un oubli sans fond, par une nuit sans lune. Les œuvres, les légendes, les êtres que nous avons admirés, aimés, que nous avons tenus pour les meilleurs, leurs noms même, leur souvenir — et si j'ose dire : la qualité d'oubli — dont nous les avions enveloppés, sont allés au néant.

Frédéric ne veut pas considérer que les générations d'auteurs se succèdent comme les générations de lecteurs, chacune laissant plus ou moins d'alluvions à la géologie générale des œuvres. Il ne voit que cataclysmes, impitoyables bouleversements après lesquels il ne restera rien de ce que nous aimions. Et même, on l'a vu, c'est déjà fait. « Vos références, vos allusions, vos citations esquissées puis abandonnées parce que ces mots-là, pour vous, vont sans dire, vos silences lourds de sens oubliés : votre muraille de Chine — il n'en restera pas pierre sur pierre. Et sur ces pierres roulées au gouffre vous ne bâtirez aucune Église. » Frédéric voit, interrompant le cours immuable des idées et des songes, une cassure comparable aux grands vertiges où se précipitent les chutes, Niagara, Nil, Zambèze, litanie d'un phénomène obsédant. Imaginez de pauvres mots jetés à l'immense bouillonnement. Les mots ne savent pas nager. Ils tuent ? Ils meurent tout aussi bien. Gracq, Leiris, Duras, ah, très bien, très chic, et Bernanos, Montherlant, Yourcenar : isolés comme des contagieux ; reniflements et éternuements, morve et nez bouchés, rhume perpétuel des frileux. Allergie aux éthers qui flottent auprès des ossuaires. La mémoire des livres oubliera ces bobos. « Vieil homme » ? Mais oui, qui le nierait ?...

Frédéric, quelle est sa position ? Pro du chambardement ? Collectionneur de théories ? Il néglige souvent les textes. Il les soupçonne de détenir des pouvoirs suspects. Le plaisir de lire est une contamination. Il voit de la luxuriance partout, avant nous, après nous peut-être, quand aura été mené à bien le Grand Ménage, mais à notre place, demain, peut-être même est-ce acquis déjà : la caillasserie, le désert, rien. Depuis Gottfried de Strasbourg la chaîne était continue : la voilà, dit-il, cassée. Pour la première fois ? Pour lui, cela ne fait aucun doute. Ce catastrophisme n'est justifié par rien — ou presque rien : le goût d'une classe d'âge de se placer dans l'œil du cyclone. « Les derniers jours » : Berl et Drieu baptisaient ainsi une feuille vers 1935. Gloire et jubilation des agonies. En somme, Frédéric me faisait un cadeau. Plaisir d'assister, vêtu comme il sied, et les pensées assorties, à son propre enterrement. Mais est-il possible que ce long enchaînement de passions, de fidélités, de ruptures, de provocations, de complicités se soit d'un coup interrompu ? Une inépuisable famille étirée à travers le temps, dissociée ? À moins qu'un garçon (ainsi écrivaient les maîtres que nous avions à la fois élus et repoussés, Mauriac, Bernanos : « Chers garçons français... »), un garçon de l'âge de Frédéric, malgré ses curiosités de chineur et de rat de bibliothèque, ne puisse pas résister à la pesanteur d'une mode : la table rase, les soldes. Y a-t-il une supériorité (intellectuelle, artistique) de la rupture sur la continuité ? Et, s'il y a mobilité, y a-t-il progrès ? On en jurerait, à voir voler les anathèmes, oh, pas très haut. Pas de temps à perdre. Déjà une autre cause sollicite les polygraphes vengeurs. On croit rêver. Je pensais qu'en vieillissant je me rallierais peu à peu à tous les progressismes esthétiques que j'avais souvent raillés : les vieux s'offrent volontiers quelques mois d'illusions en tournant rouge ou anar, sur le tard. Classique. Or, mon éclectisme se fait plus intransigeant. Je ne crois pas être considéré par les jeunes gens d'aujourd'hui autrement que ne l'étaient vers 1950, par moi, les septuagénaires emplumés de l'époque. « Que dites-vous ?… Si si, parlez ! »

Ils ne me considèrent ni comme ceci, ni comme cela — ils m'ignorent. Bon, la parade est difficile et paraîtra laborieuse. Je veux bien rabattre mon caquet, mais je n'en résisterai pas moins au naufrage collectif prophétisé par « ces chers garçons »…

Vous cherchez à comprendre ce que la maladie, les chutes et rechutes ont à voir avec ces hypothèses de chambardement littéraire. Réponse — esquisses d'une réponse : la maladie, avec son cortège d'épreuves de force et d'affaiblissements, me rend hypersensible aux efforts de changement de style, aux efforts vers plus de liberté mentale et formelle. En même temps, elle me fait considérer avec amusement — c'est-à-dire exaspération — l'attitude normative, hégémonique, des quelques théoriciens qui cherchent la bagarre — de préférence sur leur terrain et avec leurs armes. La maladie me rend à la fois indulgent et lucide, arrangeant et rieur. Le spectacle en vaut la peine : le milieu parisien (celui du papier et des tribunes) est en passe de devenir une zone de non-droit. « Le Quartier », disait-on, et maintenant : « les quartiers… ». Ces formules floues ont fait florès : « les quartiers » pour désigner ceux que l'abandon a livrés à la tyrannie des petits demi-sel surgis de la nouvelle barbarie ; « les territoires », pour ne pas compromettre le vocabulaire avec la désignation trop explicite des terres contestées entre Israël et les Palestiniens, ou, avant le saut dans l'inconnu de 1991, les mystérieux « nouveaux territoires » qui hésitaient entre Est et Ouest, Mao et le dollar de Hong Kong. Au fond, mon effort n'est-il pas le même quand j'écris « la maladie » comme si j'avais peur de désigner la Parkinson par son nom, comme si je n'étais jamais entré, sur les pas de Sir James, dans sa loge du théâtre San Carlo, dont la fenêtre donnait sur une ruelle sordide d'où montaient des colères et des cris. Laissez-moi tranquille — allez jouer : vous possédez la toute dernière console, la guerre des *stars* et celle des étoiles, le CD de ce Noir-Blanc, de cet homme-femme — que vous faut-il de plus ?

(Mais suis-je sûr que d'une fenêtre du San Carlo on pût se pencher sur la misère napolitaine, ou n'ai-je inventé la loge, le fenestron, la criaillerie qui monte comme une odeur, qu'en souvenir de mon propre étonnement la première fois que je vis Naples, il y a plus de cinquante ans ?) Il m'avait semblé que dans la ville magnifique et pourrissante toutes les contagions régnaient, que ces caves à ciel ouvert au bord des ruelles grouillaient de débris et de mal-foutus. Souvenirs, aussi, du grand livre de Malaparte qu'on traduisait vers ces temps-là en français, et surtout, qui afflueront bientôt, si l'on m'accorde la liberté des dates, les images de *Mort à Venise* vue par Luchino Visconti, la pestilence, les mains gantées serrant un foulard sur les nausées d'un homme à demi détruit, les feux partout allumés, le maquillage du Dr Aschenbach se liquéfiant à la chaleur de l'agonie… Tout ce à quoi j'avais espéré échapper : la fin putride, l'humiliation de mourir sous l'œil incrédule de Tadzio. Tenez, pourquoi ne tenez-vous pas, puisque vous êtes commis à ma surveillance, la liste de mes citations ? allusions ? Venise, Thomas Mann, Malaparte, Visconti : un paysage se dessine-t-il, une morale, une esthétique ? Et sont-ils passés à la moulinette, eux aussi, ces sublimes et ricanants ignorants et ignorés de la *modernité* ?

Hallucinations

> « Perception pathologique de faits, d'objets qui n'existent pas, de sensations en l'absence de tout stimulus extérieur. »
>
> *Hallucinations*, selon Robert.

Associés dans l'intention de me témoigner leur sollicitude, les professeurs A., L.-C. et D., la cantatrice préférée de Sir James, les Dopamines, le baron Lévodopa, et la force de vente des laboratoires So & So, m'ont offert le plus joli symbole de leur attention : une édition illustrée de ma vie quotidienne. Grâce à elle, ce qui n'était que sécheresse lexicale, grisaille imprimée, perfection du « traitement de texte » ou gribouillis, becquets et repentirs manuscrits, est devenu, non pas une histoire pleine de bruit et de fureur, mais un compagnonnage attendri avec le plus familier des bestiaires. Grâce à quoi, ce qui n'était le plus souvent que solitude, déguisée ou non en gravité ou en panique, s'est peuplé de présences inattendues.

Comment se présentent les illustrations ?

La littérature pharmaceutique, telle qu'étalée dans le conditionnement des médicaments auxquels on m'a voué, parle, comme de bavures mineures, d'hallucinations visuelles, auditives et même olfactives : on conçoit que seules les premières me préoccupent, présences virtuelles que je multiplie en les considérant sans frayeur. La curiosité m'occupe : de quel chenil sortent les chiens noirs qui traversent régulièrement le coin droit du haut de mon champ visuel ? De quelle race, le chien ? Et que signifie sa mimique : bâiller, s'asseoir et me contempler avec passion ? Mais le plus souvent il me dépasse, silencieux, visiblement soucieux de quelque affaire urgente. Silhouette floue, poilue, évoquant parfois le Black du whisky bien connu (on se demande pourquoi...), parfois les énormes lévriers irlandais, bergers de la taille d'un poney de Shetland. Je pourrais y regarder de plus près, dites-vous, mais ces images, comme des chutes de film montées à la hâte, restent disparates, allusives. Au reste, je dis « chien », mais il pourrait s'agir d'un mouton, d'un renard, d'un enfant, et souvent c'est tout l'équipage de l'Arche que je sens s'agiter dans mon dos. Je pourrais être aussi bien égaré dans le brouillard de l'hiver vénitien, ou sous le coup d'une menace : peut-être des voyous cachés derrière moi me guettent-ils ? Mais nul instinct du danger ne m'avertit. Je me suis habitué, surtout depuis l'augmentation brutale des doses de mon traitement, à cette présence indécise, décousue : mes compagnons et moi nous nous ignorons — ou autant dire. Je pourrais me croire à un feu de camp, à un safari en Afrique, ou chez les scouts il y a très longtemps. Des silhouettes de guerriers, de porteurs, sont alors perceptibles à la limite de la zone éclairée par les flammes (réminiscences des gardes du corps de Leni Riefenstahl ou du cuisinier de la baronne Isak Dinesen, dite Karen Blixen). Massaïs ? Noubas ? noirs sur noir, on les voit peu. L'un court, une lance à la main. Je les salue d'un geste discret — pas assez discret pour échapper à mes compagnons du moment, étonnés. Alors je me retourne et fouille l'ombre des yeux. Je distingue là des chamarrés, des pasteurs, des danseuses. Je les distingue ou les suscite ? Peut-être suis-je l'inventeur de mes hallucinations. Je devrais en profiter. L'imagination me manquait parfois si cruellement : elle m'attendait dans ce ballet d'ombres.

Mes yeux se sont mis au travail. Ils prennent des initiatives. C'est eux qui voient, ou croient voir cette agitation de terrier, ces hâtes obscures de fourmilière. Sur le blanc brillant de la baignoire, cette pastille noire, je lui vois des pattes, six ? huit ? qui s'agitent dans une frénésie de cruauté ou de peur. Tout, autour de moi, passe peu à peu au règne animal. Une miette sur le sol, une brindille : je leur découvre des pinces, des mâchoires minuscules. Je les vois fuir sous mon regard. Il faut fixer mon attention longtemps sur elles pour accepter l'idée que la miette, la brindille, la feuille ne sont pas de ces bestioles nuisibles, négligées, que le soudain grossissement transforme en monstres dégorgés par la terreur primitive. Ah, le chien noir est tout de même de meilleure compagnie ! Parfois, privé par quelque apaisement neuronal du défilé de mon troupeau de fantômes, je cherche une présence. Les coins d'ombre, le profil d'un fauteuil, les formes dansantes que l'écran de télévision projette sur les murs me fournissent des silhouettes, des hypothèses. Mon œil travaille le détail des illusions qu'il essaie, en vain, de saisir au passage. Lit-il ou dessine-t-il ces profils parfaits aussitôt avalés par le soyeux déroulement du film ? Je suis au cœur d'un truquage de cinéma, entre les pages d'un livre écrit dans une langue inconnue.

Il m'arrive — moins souvent qu'autrefois — de passer des jours solitaires dans la maison de M. Il y a ce bruissement, autour de moi, comme du vent qui s'insinue, rampe, puis s'éploie et s'étale. Je n'entends plus, en été, la stridulation des cigales, mais un concert qui se substitue au vrai, une illusion de grouillement, de musique, une illusion d'été, d'où je tire les symboles qu'on devine.

Cassius Clay

Au début (comme on dit, dans l'absolu, *avant* — avant quoi ?), j'ai anticipé sur la maladie. Parlant de sa menace mouvante qui cheminait sous la torpeur des jours à la façon d'un serpent se coulant entre les herbes, j'avais l'air d'un malin, d'un habile à se plaindre et faire plaindre. J'étais vite mûr, à point pour encaisser les dividendes de cet investissement dans la maladie où, de l'avis général, j'avais excellé. J'étais l'exemplaire victime du destin, à la fois soumis à mon sort et le transcendant, le sublimant. On ne me cueillerait pas au débotté. Pas question de mourir en chaussettes.

Le Dur Désir de durer : la formule est dense comme pierre, un fragment d'aérolithe. Elle confère à ce qu'ils appellent *courage* son caractère teigneux, rugueux, cuirassé d'égoïsme, plus égoïste que stoïque, moins difficile, tout compte fait, à pratiquer que l'endormeuse attente de la fracture finale. Durer ? À la condition que la durée soit tapissée de mots, de musique, pour la bercer, de colères qui la soulèvent. L'immobilité paralytique est un séisme figé, une coulée de lave pétrifiée.

La maladie n'est pas allégorique. Elle est mon sujet : je la situe, la décris. Ce que l'on pourrait appeler la peste-Camus n'est pas mon propos. Je rêve d'écrire une *Description de la maladie de P.* à la façon de la *Description de l'Égypte* que publia Vivant Denon en 1809. C'est une forêt, la maladie ! un labyrinthe, une maison inconnue qu'on visite dans la nuit. Tout ce qu'il s'y passe ! Les mensonges à dévoiler, les vérités à contourner. Regarde où tu marches. Je ne cherche pas à dire cela en disant ceci, ni ceci en disant cela, je vous raconte le paysage, droit devant, j'essaie de n'en pas détourner les yeux, alors que le conseil le plus souvent donné, avec une insistance grondeuse, bourrue, est justement de me carapater, de dérober (nul cavalier ne te ramènera sur l'obstacle), pas de dignité ! pas de grands airs, fais semblant de ne pas les voir, les garces postées là, à t'attendre, en blouses et bonnets, qui te disent : « Un peu engourdi, hein ? ce matin… »

Avant, je putassais un peu. J'en remettais. C'est trop dire, mais je me rendais intéressant. Ma mère, vers 1936-1937, me le reprochait : « Tu fais encore ton intéressant… Pourquoi parles-tu toujours de la mort de ton pauvre papa ? Il faut être plus fier que ça ! »

Oui, elle disait « fier ». Pour elle la fierté consistait à renifler dans la dignité, à remonter, d'un geste des mains et d'un haussement des épaules, les deux renards argentés où se dorlotait son chagrin. Mais quel rapport y a-t-il entre maman veuve, moi orphelin, et soixante ans plus tard la colère incrédule d'avoir été ainsi cravaté ? En mars 1995, les premiers symptômes de la paralysie me jetèrent dix fois en un jour dans les jambes des skieurs agglutinés au départ des œufs, des sièges, de la benne — tous ces mots ne me serviront plus. Oui, je ne le nie pas : je me rendais vachement intéressant. Et voilà que la réalité dépasse la fiction, la « paralysie évolutive » flambe, dirait-on. Ce n'est plus une évolution, c'est de la précipitation. Elle fait vinaigre, me crache cinq fois à terre en quelques heures, comme avec rage. Je n'aime guère l'anthropomorphisme, ni ces façons de prêter nos verbes à l'ennemie de l'intérieur, mais comment le dire autrement ? Un métro emballé me secoue, voyageur trop courtois qui a refusé la place offerte. Les « quatre coins », il faut quatre arbres pour y jouer ; moi, j'y joue sans arbre ni adversaire, de sorte que ma gesticulation n'a pas grand sens.

Au moment où j'allais désespérer — il y a trois jours que je tente de donner raison d'être et signification aux comparaisons que je développe.

En vain — j'éprouve l'urgence de fixer les sensations, de faire mon choix parmi les mots, en vain. Réponse inattendue : une émission attrapée en zappant sur la chaîne Paris Première : *Le Destin fabuleux d'Ali*. Ali — le sait-on ? — est ce boxeur célèbre, black, américain, qui conquit la gloire sous son vrai nom de Cassius Clay avant de se refaire une identité — Mohammed Ali — après sa conversion à l'islam. Il avait la tête ronde, naïve, pleine de fatuité et criait qu'il était le plus fort. Son ambition : être le seul boxeur de tous les temps à être redevenu quatre, non : cinq fois champion du monde des poids lourds. Écrasé de coups comme une viande « attendrie », il eut bientôt le cerveau en capilotade. Il s'y manifesta un « syndrome de Parkinson », à ne pas confondre, expliqua un médecin patibulaire, « avec la maladie du même nom ». Le bel Ali, devenu lent comme un ours endormi de loin à la seringue hypodermique, énorme, l'œil vague, bientôt atteint de tremblements de grande amplitude, fut sacré « homme de la paix » par l'ONU et chargé d'allumer à grand-peine la flamme olympique des Jeux d'Atlanta. Symboles, symboles. Sans rien dire du petit pas de danse (« son merveilleux jeu de jambes ») esquissé à la demande, ni des tranches de cœur saignant, style TV américaine.

En quoi ce psychodrame peut-il m'aider à faire le ménage dans le désordre où m'a laissé la reviviscence de Miss P. ? Occasion de mesurer le rythme d'une aggravation, son ampleur. Avec Mohammed Ali, monstre sacré, nous disposons du stock d'images et de souvenirs indispensables. Titre : « À l'Inéluctable illustré. » Abominable manœuvre : vous voyez que je suis à plaindre puisque Cassius Clay est devenu ce bibendum costumé, boudiné, au visage immobile, aux yeux vagues. Ou même, sans aller jusque-là : sobre silence, nez un instant levé, détourné d'une lecture-alibi. Il est plus ferme que jamais…

Saurai-je m'arrêter ? Pourrai-je encore écrire d'autre chose ? Ah, non, je ne développe pas une métaphore ! Portes et fenêtres closes, clouées, murées : plus que jamais enfermé dans l'obsession. Disparus, les scrupules (embêter le monde, larmoyer), envolé, le respect humain. Je ne veux pas savoir quels yeux m'observent. Je suis seul avec mes sordides affaires d'équilibre, de piaffé, de frénésie peau-rouge, balle de squash, chauve-souris prise dans le faisceau d'un phare. Laissez-moi tomber en paix. Tomber. Il y a si longtemps que je m'accroche, le cœur lourd et lent, les muscles tétanisés.

Un léger mieux

L'aggravation (de la maladie) et l'amélioration (du malade) ne forment pas une sorte de plan incliné basculant sur son axe et capable d'exprimer aussi bien l'idée de gravir une côte vers un sommet de bien-être (relatif), que celle de se laisser aller et morfondre dans un pli de la vie ou de la mort. Vie ou mort ? on l'ignore : on sait seulement que le lieu du monde où l'on s'est laissé, pour l'heure, mettre *en garde à vue*, ah ah ! souffre d'une funeste réputation. Les courbes auxquelles les statisticiens ont recours pour illustrer leurs propos font partie de notre sensibilité : notre inconscient les interprète aussi vite que notre œil les lit ; ça monte ou ça descend, de gauche à droite, comme l'écriture — *notre* écriture. Ça monte ? Bon signe. Vous recevez une lettre dont toutes les lignes manuscrites partent à l'assaut du coin droit supérieur de la feuille : vous créditez aussitôt votre correspondant d'un optimisme conquérant. Ses lignes, au contraire, plongent-elles de gauche à droite, elles inspirent l'image d'une digue écroulée (les rats y ont foré leurs galeries) ou d'un départ (le grand départ ?) longtemps différé, suicide annoncé sur un ton de nerveuse dérision, puis démenti, ricanements, claques sur l'épaule : « On lui aurait donné le bon Dieu sans confession » — comme si survivre, durer, s'obstiner à cette parade modeste que les spectateurs du second balcon prennent pour une preuve de leur qualité, composaient une vertueuse et paysanne fermeté d'âme. Tu parles, Charles !

Je ne supporte plus, dans une journée ordinaire, que les heures passées devant ma machine. À écrire ? Oui, si l'on veut, mais le meilleur du travail, selon mon échelle, reste de *corriger*. Je peux y user une quantité incroyable d'énergie, de patience. Tassé devant ma table naine — je l'ai fait faire à mon idée : sept centimètres plus bas que si l'intention était d'y croquer ou d'y manuscrire, conçue de telle façon que mes jambes n'y soient pas recroquevillées (donc gourdes, donc enflées, donc dispensatrices de cafard : tenir debout sur ces jambons roses ou bleutés !) — deux fois plus longue (à ma droite et à ma gauche) que profonde (devant moi), de sorte qu'y tiennent au large le

« Phonefax 2420 », les combinés des deux lignes téléphoniques (je suis servi par le progrès comme un pacha maintenant que je n'en fiche plus une secousse), quelques blocs, stylos bille disposés pour combattre l'idée de parcimonie qu'inspirent tous les lieux où je travaille.

Travail ! Peut-être est-ce le mot de la langue française dont j'ai le plus souvent écrit, tapé, tapécrit les sept lettres.

. . . .

J'en étais arrivé là, justement, du travail de ce matin, quand, *remontant* dans mon texte (« voir ci-dessus »), je retrouvai un feuillet égaré entre deux autres : il aurait dû faire suite aux remarques consacrées aux écritures qui montent ou qui dégringolent — là où, tournant une page et ne trouvant que du blanc, j'avais enchaîné comme on l'a lu, alors que le texte égaré disait : « … inspirant l'image d'une queue débandée ou d'une voile affalée ».

À vos yeux le voilà aussitôt déprimé, vaincu. Commerce, fièvre, bénéfices, Bourse : nous vivons les yeux fascinés par une courbe, ou plusieurs. Il faut cependant rester un peu subtil : une courbe n'est pas symétrique de l'autre ; rien à voir non plus avec les vases communicants, « un clou chasse l'autre », etc. Le *léger mieux* — qui peut n'être qu'un sentiment passager d'appétit, ou de fraîcheur, ou le déchirement d'une migraine nouée dans une cachette du crâne — le mieux, donc, gagne à être passé sous silence. Réussissez-vous une demi-volte, ou à vous extraire d'un fauteuil avec aisance (certes vous entendez vos cervicales claquer de l'os comme un impatient claque des doigts) ? Dissimuler ce petit bonheur, peut-être fragile, est de bonne guerre et de bonne paix. Dans son impatience de vous voir relevé, dressé, guéri, votre meilleur ami, à peine vous aura-t-il vu déplier votre mouchoir, criera au miracle. Autour de vous on bout d'envie de vous retrouver gaillard et le verbe clair. Là, mollo, allez-y mollo. Il ne s'agit pas de sonner les cloches à la volée. Un glas en fond sonore reste recommandé, mais n'est-ce pas « tocsin » que je veux dire ?

Dans « guéri », il y a « aguerri ». Il faut se battre pour imposer un léger mieux. « Tu as fait d'énormes progrès ! » — Bien sûr, bien sûr.

De quoi me suis-je une fois de plus laissé détourner ? Du *travail*, pardi ! Rassurons-nous : j'appelle aussi « travail » les longs moments passifs, bourbeux, pâteux que je passe sans rien entendre en moi, le dos de Quasimodo, la bouche amère d'un cardinal souffrant de ses hautes origines le jour qu'il doit, au pied levé (au pied lavé ?), procéder à la liturgie pascale du lavement des pieds. Cérémonie d'autant plus dégoûtante qu'on a récuré et lotionné en abondance les pauvres honorés de ce traitement. Qui sont-ils, d'ailleurs ? Jardiniers au rancart ? Figurants fournis par quelle officine ? Il ne faut pas moins qu'un prince — et doublement, de la noblesse noire et de l'Église — pour donner du muscle au symbole. Mais pourquoi diable me suis-je laissé embarquer dans cette affaire du lavement des pieds ? Le pape, cette année, est malade. Même héroïque, il a dû renoncer. D'où l'appel à un cardinal chic et bougon. Je guette chacune des apparitions du souverain pontife à l'écran de la télévision : il est « de mon jour », le 18 mai, et Miss P. lui colle au cerveau. Quand je lui vois la main folle, le corps tassé et déjeté, et que j'entends la voix épuisée qui coule, avec un peu de salive, de sa bouche, il m'est difficile de détourner de lui — c'est dire encore de moi — mon attention. Donc, le travail. Qui peut n'être rien que ce guet, cette attente immobile (à part la main que je m'essaie à faire trembler au même rythme que celle du pape : une certaine volonté d'abandon suffit ; on peut aussi bloquer sa respiration : tout effort accompli en apnée déclenche un irrépressible gigotement des doigts de ma main droite...). Lutter ? Remonter sur le mirador, et, de là, guetter les départs de feux, imaginer le sous-bois tout craquant, crépitant déjà de l'impatience des flammes... Cacher ma main dans une poche, porter beau ?… Quelle fatigue… Je la laisse sursauter au bout du bras, secouer la salade, sucrer les fraises, battant de cloche agité dans le silence comme est le pape « abîmé » dans sa prière — rudement abîmé. Dort-il ? Est-il en fuite entre terre et ciel ? Mais non, sa paupière préhistorique parfois se soulève, comme faisaient celles de De Gaulle, ou celles des varans, des dragons de Komodo, des tortues du jardin, des hommes d'avant l'homme. Dors tranquille, t'es le plus beau !

Autoroute A6

Je me contente parfois d'aumônes.

Le matin du 4 janvier 2002, retour de Provence, « en ambulance et en catastrophe », ainsi que l'infirmier a résumé notre situation. Longs silences. Jour d'hiver triomphant mais que la nuit va bientôt rattraper avec ses mèches vertes et l'impression qu'elle donne de refléter une fête organisée par là, du côté de l'Amérique. La France, au lieu de venir vers moi comme elle a toujours fait lors de nos retours du Sud vers Paris, paraît me fuir dans un sillage d'images : je n'avais jamais remarqué que le malade, en ambulance, allongé face à l'arrière du véhicule, voit le paysage aspiré vers cet horizon inconnu que la situation le force à découvrir. Méconnaissable. Pays, collines, forêts méconnaissables. J'entre à reculons dans des lieux depuis un demi-siècle familiers et que je ne reconnais pas. Le rétablissement que je m'oblige à tenter mobilise mon attention tout le temps que je ne dors pas. La lumière baisse encore. Je demande un arrêt, n'ayant pas envie de pisser dans le pistolet au milieu de la joyeuse animation que le chauffeur et l'infirmier s'efforcent de faire régner dans la Mercedes. Une *aire* apparaît justement — enfin : pas à mes yeux. Je devine, à ma gauche, un clignotant, je vois le ruban gris de l'A6 se déporter à droite, je sens la voiture tanguer, ralentir. Monde renversé. On tire et sort le brancard ; on replie la couverture. Cécile, à qui les ambulanciers m'ont volé, s'ébroue à trois mètres de moi, puis se rapproche, m'offre son bras. Nous nous éloignons en titubant un peu. Une bouffée de bonheur monte : on la sent comme on sentirait un parfum. « C'est merveilleux », dit Cécile en s'arrêtant pour contempler la passerelle de tubulures grises — « aux portes de Bourgogne » — qui enjambe l'autoroute, le ciel jaune et vert, les phares qu'on allume, tout le tintouin d'un caravansérail à la mode de notre temps. Elle a raison : c'est très beau, et l'instant, immobile, est sans prix. Déjà les deux hommes en blouses blanches préparent ma couchette, me tendent les mains. On me réinstalle. Le monotone voyage reprend. Pour le faire taire je laisse penser à l'infirmier, en fermant les yeux, que je dors. Tout à l'heure je ne reconnaîtrai plus rien ; ce seront des entrecroisements de lumières ; un grand lavis barbare de remblais, de pylônes, de brusques dérivations du trafic, des vies, des vies se carapatant à tous les horizons de la nuit — la ville. C'est merveilleux, oui : des aumônes.

Premier baiser chez les gazelles

Je n'aime pas les commencements. Belle déclaration, sourde, froide, énigmatique. De quels commencements s'agit-il ? Fiançailles, incipit, coups de foudre, chantiers ? Ah, l'expression « ouvrir des chantiers », chère aux maçons d'hier qui filaient à peine leur échafaudage mis en place ! M'a un peu gâché l'expression une nouvelle venue : « Les chantiers du président », à la mode vers 1985-1990, qui désignait de sinistres bétonneries ou marbreries réputées *modernes*, en tout cas géantes, destinées à boucher les horizons de la capitale par quelques-unes des rêveries architecturales mégalomaniaques de notre maître d'alors. Ces chantiers-là me gâchèrent le mot. D'autant plus qu'ils désignèrent bientôt n'importe quels projet de loi, caprice, réformette, chimère qui traversaient la tête des conseillers du prince. Triomphes, Versailles, entrée du roi dans sa bonne ville. Je me fiche de tout cela mais ce folklore empanaché dérange. Laissez-moi dormir. Silence aux sonneries des soupers du roi. Rappez ce M. Charpentier... Du murmure, s'il vous plaît, du murmure, vous voyez bien qu'autour de moi tout sommeille ; on marche sur ses chaussettes ; laissez-le se reposer ; tirez les rideaux.

Autour de moi, c'est vrai, plus rien ne commence. Je me compare à ces sorties de secours aménagées de place en place sur l'autoroute tourmentée qui contourne Nice par les hauts de la ville. Les descentes y sont si raides que les poids lourds que leurs freins lâcheraient sont invités à se jeter dans ces fausses issues où du sable meuble étouffera leur vitesse. Je me sens capable d'arrêter de la sorte n'importe quel poids lourd. Observez le chauffeur : de la sueur aux paumes, les mains un peu tremblantes (comme moi, camarade, comme moi !), il lève les yeux sur le crépuscule somptueux, plein à ras bord d'immeubles, de mer, de vols d'oiseaux. Aimez-vous sans moi, désormais, devenez riches sans moi, battez-vous, caressez-vous sans moi, sans moi, sans moi !

Vient un moment où autour de la maladie le monde extérieur met la sourdine, chuchote. Les affaires amoureuses, par exemple, j'en fuis le spectacle. On m'avait averti : jalousie, amertume, etc. Rien de tout cela, nulle envieuse mémoire. Je fouille, je gratte : non, rien. Seul souci : le mal qu'il y a à se faire invisible. L'autre samedi, à la Rotonde de la Muette, où une partie de la salle, sur le boulevard Émile-Augier, est en permanence colonisée par de beaux jeunes gens laineux et nonchalants : un garçon ayant voulu nous faire sortir par la porte d'angle, souvent condamnée, je me suis retrouvé contraint au demi-tour là où les jeunes gens occupaient le terrain avec leur inimitable langueur. Demi-tour ? L'akinésie m'a bloqué. Volter ? Pivoter ? Toutes manœuvres interdites. J'étais paralysé, tordu, photo de moi au millième de seconde prise dans une chute, ou vieux mannequin nu et cendré à Pompéi. Combien de temps ? Cinq, six, dix secondes ? Quand ce bel alezan ou cette gazelle allaient-ils, d'un coup d'œil ou de coude, signaler aux copains le barbu cataleptique qui paraissait, au-dessus et au milieu d'eux, prêt à lancer le premier accord d'une symphonie ? Hé, maestro, ça ne va pas ? Leurs visages, leur surprise navrée, incrédule… Ne pas voir ça. Alors, tomber au milieu d'eux ? Écraser une table, jeter à terre les verres, les tasses. Un type de cet âge-là, ça doit faire une sacrée densité. Un type devenu pierre et qui tombe du ciel : un aérolithe, une météorite, ça fait du dégât, ça casse tout. Un regard, déjà, deux, des sourcils qui se lèvent. Mon bras se dégage, je pose une main virile, copain-copain, sur une épaule, m'appuie, me jette en avant : je me vois, dans le miroir d'un pilier, grossir, pressé et hagard, dérober, dégager à gauche. Envoyez les gaz. Le jumbo décolle, je bouscule deux ou trois clients, outrés, mais que ma gueule réduit au silence. Ouf ! Oui, l'autre porte, une main qui se tend, des sourires de toute sorte : pour habitué, pour vieux, pour emmerdeur, pour rescapé. L'air frais, le trottoir, des parapluies qui s'ouvrent. Là-bas, je le jurerais, l'alezan et la gazelle se roulent un baiser. L'occasion fait le larron.

La douce

Il y a cinq ans que je m'en tiens aux douches. Je me souviens de ce texte des années 1920 où Montherlant, jeune Monsieur de Neuilly qui allait botter dans le ballon en compagnie de *petits gars* de Billancourt, s'émerveillait de la façon dont ses compagnons, revenant vers le vestiaire, nommaient la douche qui les attendait : « la douce »... Le mot autorise les développements qu'on imagine. Moins poétiquement, j'en connais un bout sur la douce. Le lieu où la prendre, d'abord, et la manière. Sarcophages dressés, les spacieuses cabines (est-ce le mot ?) de marbre et de verre attenantes aux salles de bains des palaces : ah, on ne risque pas de s'y égratigner les coudes ! On s'y égare : par où sortir ? Sans glisser, s'entend. C'est la crainte de tout sac de vieux os, mais chez les zélateurs de la cantatrice la crainte tourne à la hantise. Démarche d'Indien, tâtonnements : on ressemble enfin à ce qu'on est, tous scrupules assoupis. La douce, donc, et rien qu'elle depuis

1997 (j'ai mes repères). Fort d'ablutions réussies, paisibles, dans une conque géante de l'hôtel de Paris, je m'étais risqué à entrer (monter ? descendre ?) dans ma baignoire, qui est une honnête Jacob-Delafon modèle Passy bon chic mais standard. Mieux vaut oublier l'expérience, qui tourna à l'escalade d'une face nord inviolée. Dès le lendemain je jurai de me contenter désormais de ma douche habituelle, prise debout dans la Jacob-Delafon à l'émail traité, abrasé, gratté de telle sorte qu'on me l'avait garantie, la baignoire, antidérapante. Et, de fait… Rien ne me protégeant, ni les meubles et objets alentour, j'en étais réduit à me caresser le corps avec ce qu'on nomme le « téléphone », mode d'arrosage intime qui ne me fouettait guère le sang. Je riais seul en imaginant comment Cocteau eût commenté cette interprétation nouvelle de sa *Voix humaine*. Renouvelé aussi le sens de l'expression « voix caressante », tant le débit limité d'une eau chaudasse, si peu astringente, crachotement, pipi plutôt que jet, permettait le développement de discrètes nostalgies, du temps que la caresse épistolaire (« j'embrasse tout ton cher corps qui me manque », ou toute autre du même tonneau) ne paraissait pas une vaine formule, mais l'expression d'une de ces habitudes plaisamment sensuelles dont nous avions bien tort de nous contenter. Pourquoi ne salions-nous pas la soupe ?

Ce fut une splendeur, ce bain, la fête que je m'étais promise, je faillis y glisser deux fois au sommeil. Puis, au premier frisson je m'apprêtai à sortir de la baignoire. Un pressentiment ? Pas même. Peut-être un « à nous deux ! » — un rien de forfanterie.

Les premières tentatives, les efforts classiques, prirent dix minutes. Je n'avais plus du tout froid ; je suais ; mes mains glissaient sur le chrome de la poignée et l'émail de la baignoire. Malgré la crispation prudente de mes gestes, je « dévissai » deux fois et me cognai rudement coudes et coccyx. « Je vais être en retard », murmurai-je sur le ton de l'agacement supérieur. J'entendis du bruit au rez-de-chaussée : ma femme était revenue me chercher. Elle m'appela, puis vint frapper à la porte. « C'est ouvert », dis-je à regret. « Ouvert ?... » Cette prudence n'était pas dans mes usages. Puis : « Tu es fou ! Un bain... Mais tu as vidé la baignoire, tu dois geler, sors vite ! — Pendant la guerre, dis-je, les Français mettaient leurs patates dans les baignoires... — Oui, je sais, ils y élevaient aussi des lapins... enfin, les plus agricoles... » D'un coup d'œil elle avait vu ma sueur, ma position : bras et jambes jetés dans des directions aberrantes, je devais avoir l'air d'un de ces jouets — les Marsupilamis — que j'avais beaucoup offerts, en leur temps, aux mômichons de ma connaissance.

« On te sort de là ? » Cécile s'adressait à moi avec les précautions dues à qui un séisme a tassé l'immeuble sur le corps. Mon grognement valant prière, elle retira ses mocassins et me rejoignit sans façon. Des plaques humides collèrent tout de suite son chemisier à ses épaules. Sa méthode, je le compris vite, consistait à « passer à la hussarde », comme font les parlementaires résolus à imposer sur un article délicat un vote bloqué, nocturne, confus, et à bousculer des adversaires assoupis. Miss P. m'a fait maigrir sans perdre de poids. Mystère. Je suis un maigre lourd. Mon épouse ne pouvait pas espérer jouer les palans, les treuils. Mes pieds paraissaient polir, lisser le fond de la baignoire comme les roues d'une voiture encoublée creusent et durcissent la neige. Un tremplin. Pour quelle chute finale ? Ma méthode à moi consistait à « réfléchir », à imaginer un mouvement, à le fignoler à l'avance. Je ne me risquais à un geste — le tremblement s'était emparé de mes quatre membres — que s'il me paraissait sûr. Autant dire que j'interrompais chaque manœuvre commencée avant qu'elle n'eût atteint le point de non-retour au-delà duquel il n'y avait plus que l'arrachement au piège ou la dislocation du charmant *sujet* que nous formions, Cécile et moi : « Le sauvetage du handicapé. » Bronze patiné. Quand j'entendis claquer deux portes au fond de la maison, je sus que nous n'échapperions pas à la curiosité bricoleuse et amicale de Mme B., la gardienne. La porte était restée ouverte. Elle allait surgir, s'exclamer : « Oh, monsieur, à votre âge, des hommes nus, vous pensez !... » Non, je ne voulais pas y penser. À cet instant, et parce que j'entendais déjà son pas dans l'escalier, je fus comme saisi, habité un instant d'une force étrangère à moi, qui m'arracha, dans un craquement de vertèbres et d'omoplates, à la sournoise succion de la Jacob-Delafon. Nous manquâmes, Cécile et moi, basculer sur le sol glissant, mais le bidet me sauva, tandis que Cécile claquait la porte au nez de Mme B. qui arrivait à tire-d'aile ayant flairé la scène de genre.

Autoportrait, en mars, à minuit

Seul à minuit dans le salon de Ménerbes, mes paupières alourdies sur un livre. Oublié lequel. Le récepteur de télévision est en position de veille ; point rouge dans la pénombre. Je bâille et laisse mon index appuyer au hasard sur le clavier de la télécommande. Aussitôt un chevrotement mielleux, saccadé, solennel, à la fois étranger et familier, emplit la grande pièce. Cet appel de brebis n'est pas fait pour rebondir de mur en mur. Mon doigt trouve illico le bouton qui commande le volume du son ; je peux oser rouvrir les yeux : je pérore en plan rapproché, le regard caché par les éternelles lunettes grises, le menton mollachon caché par la barbe, les éphélides du front cachées par le fond de teint dont m'a tartiné la maquilleuse, le tremblement des mains caché par leur étreinte sur la poignée de la canne, elle-même tenue verticale, entre les cuisses, genre paysan devant sa porte, assis sur le banc à la fin du jour. Il y en avait un, rue de la Cochetée, devant la maison de ma grand-mère Servas. J'y restais de longs moments immobile, après quoi j'allais au miroir accroché au-dessus de l'évier, dans la salle, et cherchais sur mon visage trace d'un vieillissement instantané et flatteur. Dans le salon de Ménerbes j'ai un instant fermé les yeux. Qu'espérais-je trouver, les rouvrant ? Les artifices destinés à cacher ceci, cela, n'ont servi à rien : je ressemble à une motte de beurre dans laquelle on aurait planté des poils. Je me le dis à mi-voix, *afin que le texte existe* : les mots que l'on trouve et assemble dans sa tête ne comptent pas tout à fait. Les *parler*, déjà, les fonde en réalité.

Je me rappelle, non pas exactement le jour ni les circonstances, mais au moins l'état d'esprit où je me trouvais quand fut écrit le chapitre d'*Un petit Bourgeois* intitulé « L'aspect général est d'une lune ». Je n'avais jusque-là jamais tenté mon autoportrait. Pas si bête ! Ou alors, en blond caressant et peloteur qui ne voulait pas gâcher ses chances auprès des dames — d'où les nuances. Et puis, ce jour-là, plus de nuances, le coup de balai, où il y avait du coup de fouet. Les chiens de la meute ? Plutôt le cilice, la discipline. Écrire un livre qui fût à la fois la faute et la pénitence. Tel était le juste sens d'un titre d'humeur qui paraissait ne pas signifier grand-chose. Ajoutons-le, peut-être la récompense viendrait-elle avec l'attentat, le ricanement, la caricature ? Un livre qui fût à soi-même son explication et sa condamnation, sa récompense et sa punition.

Voyons le début de chapitre :

« Le visage est mou, long, vaste. L'aspect général est d'une lune, ou d'un poupon gigantesque. L'œil, petit, est d'un gris-bleu, ou bleu-gris, peu sûr et froid. »

J'écrivais cela vers 1961-1962 : dix ans de perdus depuis mes *débuts*. Mais plus jamais je ne pourrais prendre le concentré en tube, crémeux, sucré, homogénéisé, pour le lait de la tendresse humaine.

L'hiver 1961-1962, j'avais trente-quatre ans. Retirons-en quatorze pour les balbutiements, restait vingt. Il m'avait donc fallu vingt ans pour venir à bout du tabou le plus naïf et rétrograde : manifester pour soi-même une considération injustifiable. Je ne méritais pas d'indulgence, ni d'être enveloppé dans ces pudiques formules où les littérateurs excellent. Justement, la littérature : allais-je améliorer la mienne en la calfeutrant ? Au contraire, en essayant de la mettre au service d'un jeu un peu risqué — dont l'autoportrait vitriolique pouvait passer pour le symbole — peut-être gagnerais-je le droit à une espèce de respect. Devenir respectable en n'essayant plus de l'être : telle était la recette.

Je me rappelle l'excitation avec laquelle je découvrais, mot après mot, grincement après grincement, qu'à ce jeu de massacre j'avais le don. Faire mouche était à ma portée, licite sinon élégant, mais alors que tous les grands féroces, de Saint-Simon à Léon Bloy, tenaient pour articles de foi leur moralité et leur fine qualité humaine (ce qui arrange tout de même la vie), je découvrais qu'il est autrement savoureux de s'offrir soi-même aux coups qu'on donne.

Les deux copines

Les deux copines sont arrivées un peu en avance et se sont royaumées au plein cœur de notre vie. La maladie au teint pâle, aux traits tirés, et sa grande faucheuse, sa rouleuse qui l'emmène bras dessus bras dessous, comme au bal du samedi. À elles deux elles rigolent de tout. La mort. Je vous l'ai dit : des copettes, qui se pouffent dans l'oreille en s'en racontant des salées.

Je les appelle parfois M & M, comme Marthe et Marie, ou même les *MM incorporated*, formule jamais comprise mais qui me fit rêver. À quoi, à qui peut-on s'*incorporer* ? « Incorporer deux œufs à un quart de farine… » M & M entrent à la Fête du samedi où elles observent les hommes. Elles ne feront pas tapisserie longtemps. Elles connaissent leur affaire. Elles sont arrivées foutre leur désordre — qui est un ordre impitoyable et ténébreux — au moment où nous pouvions *capitaliser*. Ne prenez pas le mot en mauvaise part.

Je veux dire : nous avions fait notre marché, chacun de son côté ; nous avions fait notre paix et nos guerres, remis l'arme au fourreau. Nous pouvions nous asseoir à la fraîche, devant la porte, regarder le soir venir. C'est alors qu'une étincelle a jailli. Je dis « étincelle » puisqu'il y a eu ensuite ces flammes, cette fumée. Je dis « flammes », « fumée » puisqu'il y a eu cette grande chaleur, cet étouffement. Je dis « feu » parce que je suis couvert de brûlures. Mais un mot plus tiède, plus modeste conviendrait peut-être mieux. On va siffler la fin de la partie au moment où nous était venue l'envie de jouer, de jouer vraiment, tenez, regardez, nous nous levions déjà.

Je cherche parfois une explication du monde sur le visage de très vieux hommes qui pratiquent manifestement le mépris universel. D'autres, c'est l'indulgence, le je-m'en-foutisme. Ce qui m'intéresse est le mépris parce qu'il donne, il est le seul à donner la bonne distance entre un homme et ce monde des vieillards qui de plus en plus me sollicite et m'occupe. À l'issue des procès qu'ils ont perdus, on trouve les vieillards dans leur naturel. Les voilà *condamnés*, ce qui fait d'eux des humains exemplaires de leur génération. Autre chose est de le savoir, autre chose de le dire. Eh oui, foutu, grillé : on dirait de ces confidences échangées, à l'hôpital, entre malades qui patientent devant la même consultation. Si un resquilleur se faufile, des protestations colériques se lèvent : « La queue ! La queue ! », qui paraissent exprimer une nostalgie, un étonnement.

La maladie n'est pas « gentlemanlike »

L'été est une flaque qu'aucun vent n'assèche, où pullulent les bactéries, et si je ne prends pas garde la malfaisance y croupira, fermentera, pourrira, établira sa loi sur le pays de ma vie. Cet été 2001, cinquantième de mon travail d'écrivain (j'occupe mon temps perdu à rédiger une préface à mon premier roman, sur lequel je portais les ultimes corrections l'été 1951). Été jubilaire, donc, qui recèle toutes les menaces. Et la première : laisser faire, laisser passer les forces qui campent en moi et y affermissent leur régime. Être *courageux* — selon le vocabulaire et la morale convenus — revient à résister discrètement à la maladie, à atténuer ses effets, entendez : à ruser avec eux, et, pour nous résumer, à serrer les dents, ce qui produit toujours le meilleur effet. Cinéma commode, où l'on redore à bon compte l'idée qu'on se fait de soi. Mais justement ! Croyant la soigner, c'est celle que les autres s'en font que je consolide et décore.

Accepter cette idée d'être *bien*, c'est accepter la loi du mal. J'agis de telle façon qu'on dise de moi : somme toute, il prend les choses plutôt bien. Le vrai courage consisterait à inventer une forme inédite de résistance à la maladie, afin, aussi longtemps que faire se pourra, à défaut de lui imposer ma loi, au moins de poursuivre mon aventure singulière le plus loin que je pourrai aller.

Inventer, mais inventer quoi ? Je devrais cesser de mener une vie soumise aux règles et limitations de toute sorte imposées par Miss P. J'obéis à ses ordres, je réponds à ses convocations. Je m'oppose à elle au lieu de la tromper. Un programme se dessine en moi, que je dois m'imposer : cesser de jouer les héros mondains ; cesser de claudiquer mes apparitions dans un style qui tient de l'entorse des neiges et de l'élégance châtelaine ; cesser de « prendre la parole » alors que d'évidence elle ne se laisse plus attraper. Cesser, surtout, d'expliquer à tout venant mon mal, et comment ça s'appelle, et comment ça complote. Cesser d'apprivoiser le chien noir. Avec la maladie, qui est salope et compagnie, le caractère et le bon genre sont des investissements de dupe. La maladie n'est pas *gentlemanlike*. Il faut rompre, lui céder du terrain, refuser le duel, essayer de se battre ailleurs et avec d'autres armes. Il faut créer du mystère. Et il faut administrer ce mystère dans le silence et la solitude. Pas de point d'honneur, pas de dignité. Le malade qui lutte à la loyale contre cette ennemie-là est deux fois perdu.

Le monde du dessous

« Non, c'est pas vrai, j'hallucine !... »

Une fillette de vingt ans, bonne copine, l'œil café noir, clame un étonnement théâtral. La simplicité foudroyante de sa formule me plaît. Je la fais mienne.

Au-dessous de moi, à côté de moi (à ma droite, presque toujours), il y a de plus en plus de monde. On se croirait sur le dernier vaporetto avant le déluge, terminus Ararat, au moment où Noé presse l'embarquement. J'assure le service d'ordre. Quelques sournois se glissent parmi les familiers, regard torve, baveux (salut, confrère !), l'échine vaincue. Les présences à mes côtés ont pris de l'épaisseur, de la réalité. Réalité ? J'ai parlé déjà de *mes* hallucinations (ainsi dit-on dans les familles : « Notre Georgette fait *son* droit... »), annoncées et nommées par la littérature pharmaceutique que je me fais un devoir de lire, et le ton de ma prose, pour les évoquer, aurait pu être consacré à une brise, à des échos de chansons, à des passages de nuages. Mais ce soir, tout change. Moins de colibris et de papillons dans le souffle des alizés. Des vols lourds, des grognements et même, à ma surprise, des voix humaines. Parquets et escalier craquent. C'est la conférence des voleurs. Ni murmures ni tohu-bohu : des éclats de voix dispersés, des cris chuchotés. Je partage désormais la maison avec des ombres. Il m'arrive, semble-t-il, de les inventer. Je leur donne présence et voix. Je leur donne la réplique. Je les suscite. La facilité avec laquelle elles apparaissent me trouble : de la déraison coule de ces blessures indolores. De plain-pied avec le désordre, le flou mental, les inventions absurdes. Est-ce ainsi que s'amorce la descente aux Enfers ? J'entends des paroles insanes m'échapper, des plaisanteries qui ne font rire personne. J'ai sauté les étapes, les intermédiaires, on ne me comprend plus. « Transitions ? » comme écrivait en marge la plume rouge du prof. On ne m'entend même plus : voix de râle ou de murmure. J'aperçois l'incertitude dans le regard de qui s'adresse à moi, hésite, puis renonce, se tait, un sourire accommodant tenant lieu de louable délicatesse. Ainsi, voilà comment ça se passe, sous ce pâle sourire ?

L'Arche, c'est la vie infernale des soutiers. La puanteur des fauveries et des loges de concierge, autrefois. On m'avait averti : hallucinations olfactives. Fortes, réalistes au point que je me pose des questions : qui est là ? Qui pue ainsi ? La folie rôde — rôde et pue, rôde et grouille, peuplée de petits personnages, obscènes parfois, parfois charmants. Ah, ils ont l'air de m'aimer, l'attitude se fait rare ! Leurs visages sont extraordinairement expressifs. Ils jacassent, se grattent, rient — rient-ils vraiment ? J'évoque les arbres à singes d'Accra, et dans l'ombre verte les yeux attendris, les traits accablés de sentiments humains, trop humains. Développements à volonté.

Je ne sais pas si les visions éclatent dans le vide, s'imposent à moi, ou si je les invente au fur et à mesure qu'elles occupent l'écran. Je les vois ou je les rêve ? Il y a quelques mois, lors de l'augmentation massive des doses de Parlodel, les manifestations de mes visiteurs, nocturnes, silencieuses, me parurent vouées à la légèreté des fantasmes. Le fantasme est plus fugace que l'hallucination ; le fantasme n'aboie pas, ne mord pas. Il n'a pas les oreilles pointues ni les yeux rouges. Écoutez ! Maintenant ça chahute, ça me parle à l'oreille, ça me force à détourner la tête, à la surprise de mes interlocuteurs, qui, à leur tour, scrutent derrière moi l'ombre frémissante d'où jaillissaient des silhouettes et des voix royales quand Jean Vilar décida que le théâtre ne serait plus une convention de damas cerise et de soleil couchant, un château de cartes de boiseries ou de forêts en trompe l'œil. Ça ne manquait pas de gueule, ces capes, ces rapières, ces couronnes, mais surtout les voix excédées et graves qui montaient de l'arrière-pays de ma solitude — puis tout a changé : la cour est devenue chenil, ménagerie, où claquent des mâchoires, où saignent des yeux de loups. Je me méfie, maintenant. Ces bêtes-là vous bouffent un doigt comme en songe… Du sang partout, un cri — Ça va mieux, monsieur ? Vous n'avez besoin de rien ? — Si, d'un peu de silence, de blanc. Vous avez ça, du blanc ? Oui, je patiente un moment. Sortez-moi votre plus belle solitude… Du repos… J'ai l'impression, parfois, d'être un de ces promeneurs de chiens, à Central Park, avec leurs laisses comme des tentacules entortillés, perdus dans les jappements, empêtrés dans les sauts. Il m'arrive même, la nuit, dans la pénombre de la terrasse ou du salon, d'avoir peur. Des palpitations de peur. Je vois briller des lames, j'entends des souffles, je sens passer l'odeur d'égout des bouches que nul n'aime plus et qui restent fermées. Silence. Solitude des dents. Je frissonne : est-ce là désormais ma famille ? « J'emplis d'instincts rêveurs les bêtes étonnées. » Étonnées ? Ah, c'est peu dire ! Je suis si seul avec ma voix humaine, ma mémoire humaine, qu'il m'arrive de convoquer mes chiens virtuels, mes chauves-souris, les hauts chevaux immobiles comme s'ils allaient me faire la fête : aboyer, voleter en ligne lourde et brisée, hennir, encenser, gratter le sol du sabot. Les présences usuelles, une après l'autre, vont-elles céder la place aux imaginaires ? Aux furtifs compagnons ?

Mon incohérence vis-à-vis de la célèbre cantatrice

J'en sais la progression inéluctable. Même après avoir refusé si longtemps de me renseigner (me faire « mettre au parfum » — mais ça pue), je pourrais solliciter de la faculté une description, une sorte de question d'internat. J'en ai trouvé l'ébauche, lue d'un œil réticent, dans la publication où l'on reproduit, ironie ! des extraits de « Miss P. » destinés à attendrir les cœurs secs et à provoquer des dons « déductibles de l'impôt ». L'humour des chapitres consacrés à Miss P. fait la retape. Puisse-t-il tirer des larmes aux âmes sensibles, et des chèques.

Depuis l'automne 2000, le rythme de l'aggravation a été irrégulier. Pendant et après mes séjours à Necker et à Ambroise-Paré, la maladie avait paru me rendre du terrain. Elle se faisait discrète, et oublier. Elle paraissait souffrir — elle ! — d'inanition : les bols de soupe de l'hôpital, les heures de lit et de fauteuil, l'affût perpétuel où se tenaient médecins et infirmières l'avaient plombée, assourdie. Mais sitôt revenu à la circulation ordinaire, j'ai constaté un regain d'activité et de nocivité de Miss P. Ensuite, accélération. La marche plus maladroite, l'équilibre plus précaire : l'obsession « tripode » se déchaîne ; besoin d'avoir toujours sous la main un troisième point d'appui : mur, canne, épaule. Problèmes de fuite à la bouche. Je la garde de plus en plus souvent ouverte alors que je salive de plus en plus ; elle devient un récipient prêt à déborder quand je penche la tête. Or, on penche souvent la tête : bricolage, écriture, airs méditatifs (appelés aussi airs *penchés*), sans rien dire de toute la gestuelle des repas. Quand j'approche, avec un luxe de précautions, une cuiller de ma bouche, le risque est double : premièrement, renverser un peu de la cuillerée de potage (par exemple) et, deuxièmement, baver. J'ai compris : le parkinsonien qui bave est une tasse que l'on penche. Simple affaire de niveau et d'horizontale. Pas de quoi frémir dans les tréfonds de l'être. Il n'empêche : le spectacle peut amuser. Le 7 mars, au Royal-Monceau. Conférence de presse du prix littéraire Prince Pierre de Monaco. Présidente, la princesse Caroline planche. Assis à côté d'elle, je me tiens dans la pose modeste et chaleureuse qui convient. Las ! Je commets l'imprudence de baisser la tête. Je suis sans doute le dernier à remarquer le filament de salive qui descend à la verticale de mes lèvres vers mes cuisses, lequel filament, pris dans la lumière surabondante dispensée pour faciliter le travail des cameramen et photographes, brille. Il donne l'impression de monter et descendre à la façon d'un yoyo (mais c'est là un simple phénomène de lumière, et nulle araignée ne se balance au bout de mon fil). Soupe à l'oignon d'autrefois. Fil à plomb. Ou ce sport qui consiste à se jeter, retenu par un élastique attaché au pied, du haut d'un pont. Toutes choses inégales d'ailleurs, évidemment. Il faut de la décision pour sortir son mouchoir et recueillir d'une caresse désinvolte ce va-et-vient de lumière, ce papillon farceur, cet unique cheveu d'ange. Voilà, c'est fait. Je croise, dans l'assistance, deux ou trois regards navrés ou rigolards. Sortie de crise, titrent les journaux quand des grévistes reprennent le travail. Sortie de crise : quand un des « partenaires sociaux » mange son chapeau. Comment faire pour retrouver posture honorable quand l'instant d'avant on bavait en affichant un air préoccupé ? Je ne connais qu'un moyen : aggraver la situation et déplacer l'intérêt. Je recommande, dans les cas comparables au mien, la titubation dramatique, une claudication soudain profonde, et toujours, bien sûr, le recours à la canne, qui doit être discret, désolé, mais fatal. Qui reprocherait un vent à l'homme que terrasse une tornade ?

Il serait temps de renouveler mon arsenal. Depuis quatre ans, je n'ai à peu près rien changé à la comédie que j'oppose à la maladie tout en composant avec elle. Moi qui me rengorgeais chaque fois que je pouvais citer Malraux : « L'intelligence... » Ah, cette fameuse « destruction des comédies » : ma génération en aura fait un aussi large usage que du « misérable tas de secrets ». Et me voilà affrontant la vérité avec, pour toute arme, une comédie. Presque mondaine. « Il ne manque pas d'allure, en fin de compte... » *Bella figura*. Assume, Coco, force-les à rire. Quelle suite donner à l'ironie ? L'humour ? Me raidir, peut-être, bouche cousue. Quel jugement solliciter ? Mériter ? Du caractère, de l'abnégation ? Je ne trouve ni le mot ni la nuance justes.

Je commençais en disant : incohérence. Tout se passe comme si, obsédé par la maladie, je ne parvenais pas à adapter mes comportements aux sujétions qu'elle m'imposera de plus en plus. Par exemple mon manque de mobilité ne nourrit que des velléités de bougeotte. Rêves : trois jours à Saint-Pétersbourg, de préférence en hiver, quand la neige craque. Ou une croisière : les capitales baltes à l'époque des nuits blanches. Plaques de glace, tangage du navire n'entrent pour rien dans mes projets. Vente de la maison provençale, installation dans un rez-de-chaussée agrémenté d'un jardin dans quelque vieille ville du Sud. Mes songes traînent d'Avignon en Arles, d'Aix à Carpentras. Je vois l'amorce d'une rampe en ferronnerie, des gypseries, une cheminée en marbres polychromes, et, le soir, des terrasses de cafés où des filles rient entre elles, habillées près du corps.

Pour la deuxième ou troisième fois en dix jours, je pisse du sang. Sang brun et sale qui a stagné dans Dieu sait quel recoin des viscères. « Il ne faut pas avoir peur du sang », me disait le Pr D. à Necker. Le Pr D. n'aimait pas expliquer ses opérations. « Juste un peu de ménage », disait-il. Cette discrétion faisait l'affaire de mon refus de savoir. Va donc pour le ménage. Depuis, je guette. Les douleurs, un temps apaisées, sont réapparues. Je suis habile à me tromper dans leur interprétation. Rideau de fumée, camouflage. « Je dois être en train de me préparer une arthrose de la hanche carabinée... » Voilà qui explique les mains appuyées sur les lombes, les grimaces. D'ailleurs y a-t-il besoin d'explications ? Les gentilles personnes de l'« entourage » préfèrent ne rien voir. Alors, savoir ! Je les ai lassées. Ces feuilles quotidiennes peuvent rester des heures sur la machine, on n'a pas la curiosité d'y jeter un coup d'œil. C'est bien ainsi.

Puis-je appeler « équation » une formule qui résume ma situation ? Formule possible : y a-t-il égalité de temps, de risque, de vitesse entre les diverses menaces qui ont pris possession de mon corps ? Qui finira par l'emporter, de la neuronale ou des diverses tumeurs en train de s'installer, parfois à pas de loup, parfois à vives douleurs ? Vessie, prostate, côlon — qui explosera en priorité ? À qui le premier bouquet final ? Ou, pour « affiner la question », où est mon intérêt ? Ai-je — avais-je intérêt à laisser la chirurgie accomplir son travail ? À supposer qu'elle fût, pour un temps au moins, efficace, qu'eussé-je gagné à me retrouver provisoirement blanchi, stabilisé sinon « guéri », si c'était seulement pour offrir à la Parkinson un plus vaste répertoire ? À quoi bon retourner à la santé si c'est pour offrir à ma suiveuse un chemin plus carrossable ? Éternelle histoire du « mourir en bonne santé », étrange idéal que semble poursuivre la médecine. Devais-je m'imposer les angoisses de l'hôpital, ses nuits ponctuées d'appels, les lumières bleues, la promiscuité, les sondes, les perfusions, les aubes de désespoir, pour la seule satisfaction de me présenter en bon état à la *Blitzkrieg* finale ? Durant mes séjours à l'hôpital m'ont frappé les trois découvertes qu'on y fait : la gentillesse, l'abandon, l'humiliation. Plus grave : le chaud plaisir qu'on prend à être, justement, humilié, retourné et manipulé par des femmes, sur fond d'accents chantants ou rocailleux des Caraïbes et de l'Afrique. Abandon ? Sensations de la nuit et du petit matin. On dit : surtout, ne prévenez personne ! L'effet de la recommandation est édifiant. « Pas de visites ! », et en effet les heures sont vides. Pourquoi passer des aveux et solliciter les examens qui entraîneraient à coup sûr mon hospitalisation ? Et l'anesthésie générale, ma vieille amie-ennemie dont les ravages possibles me hantent et me tentent. La porte refermée sur moi ne se rouvrirait pas : cette certitude s'est installée dans ma tête et commande à tous mes actes, plus encore à mes refus d'agir. Je laisse filer. Il suffit de respecter un silence absolu sur les signes qui pourraient être interprétés. Un peu de comédie, très peu, suffit à tromper la vigilance des proches. Je ne réparerai pas mon corps pour le livrer aux soubresauts et baveries ci-dessus évoqués. Reste à savoir comment se feront le passage, la répartition de moi entre deux processus de démolition. Je feins de pouvoir choisir. Je perdrai forcément le contrôle de la manœuvre : comment rétablirai-je la situation ? Comment résisterai-je si je cumule les deux mésaventures, ou davantage ? Si elles se superposent, s'additionnent au lieu de se repousser ? La boucherie, les grandes douleurs terminales *et* les sauts de carpe *et* les tremblotes — c'est trop.

Jalousie

Là-dessus, les ravages intimes.

Les tiroirs, les sacs, les âmes, tout, je fouille tout. La route, les rues, du regard. Dans les souvenirs, toujours trompeurs. Dans les vestes et vestons où traînent des pochettes d'allumettes exotiques, ou sinon exotiques illustrées de bungalows, de paillotes, de chalets, d'hostelleries dans les Yvelines, à poutres et feux de bois, refuges des mensonges parfumés, lestés de silences lourds. Je traque, je file, je hante, tapinois, palombière, chat faussement endormi — je fouille. Longtemps archéologue de nos vies, que je croyais limpides, j'ai régressé au rang des creuseurs de trous, des malades qui prennent des carottes de vie profonde et les analysent comme s'ils avaient une chance d'y trouver la formule cachée de la souffrance. Souffrance ? Je me suis si longtemps vanté de l'ignorer ! « Nous cessons d'aimer qui cesse de nous aimer... » Comment souffrir dans ces conditions ? J'aime qui m'aime et voilà tout.

Oui, l'idée est bonne : placez ici la citation sur la citronnade. Vous vous rappelez : j'aime la citronnade, je n'ai pas besoin que la citronnade m'aime. *Rires entendus*. Et puis voici : l'ouragan, qui est violence, et la noyade, qui est lenteur, étouffement. La jalousie est non seulement réinventée, mais omniprésente.

Le téléphone sonne, on frappe à la porte, on ne frappe pas, personne ne répond à l'« allô » enroué que je souffle dans l'appareil. Personne ? Qui est-ce, personne ? J'entends des voix, mais lointaines, un souffle, ténu, trop ténu pour être honnête. J'ai toujours fait aux êtres (peut-on encore écrire ainsi ?) une confiance massive, sans faille ni trouble. Je croyais les gens à qui j'avais affaire incapables de mensonge. Il m'était arrivé, pourtant, de me découvrir floué, roulé dans la farine. J'y avais pris un plaisir inavoué, j'avais tout oublié, vite, vite ! sauf les larmes. Car on pleurait beaucoup, entre hommes, en ce temps-là. Trompé, j'étais extatique, troublé. Oh, cher vainqueur ! cher rival adorable ! On le sait : homme ou femme, on se découvre trompé à ces nouvelles habitudes amoureuses que l'on voit apparaître chez un partenaire rompu « depuis toujours » à nos usages. Parfois ce n'est presque rien : le baiser papillon, un caprice de l'ombre ; parfois c'est toute une nostalgie devinée, une amertume de mal baisée, de mal baisant, une rancune somnolente de vieil homme qu'on ne sait plus ou qu'on ne veut plus réveiller. À l'origine de tout il y a la sempiternelle addition : la tendresse a oublié ses gestes, l'homme oublie d'honorer sa compagne, ou le peut de moins en moins, ou, humilié, ne le tente plus du tout. Conversation tout en murmures avec un assistant en blouse blanche, son titre hospitalier brodé sur la poche, la pèlerine bleue de l'Assistance publique jetée sur les épaules, à l'ancienne mode : « La vie amoureuse… la vieille mécanique… Pensez-vous que je doive…

— Espérer ? Ce n'est pas à vous que je vais apprendre votre cher Montherlant ?

— Ah, la citronnade ?

— Quelle citronnade ? Mais non ! "La loi n'interdit pas d'espérer." *Fils de personne*, voyons !

— Mais chimiquement, mécaniquement…

— Je trouve dans cette formule divers éléments… La libido…

— Ah, la libido !

— Quoi ?

— Rien, rien…

— Ah, rien, vraiment ? »

Ce n'est plus Jouvet dans *Knock*, mais dans *Drôle de drame* : « J'ai dit bizarre ? Comme c'est bizarre… » L'œil écarquillé de Knock, tous les airs penchés du comédien, son regard rond qui me scrute. La jalousie fait son nid chez le bandemou. Nos anges d'hier, nos apaisées, nos adoucies, nos anciennes amoureuses aux ombres longues, nos résignées ? non : sages, soupirantes, souriantes — d'où souffle ce soudain coup de froid ? Les doigts pianotent. Les lèvres se durcissent. Sournois, des gestes de compassion nous bousculent, nous ébranlent. Tombe donc, potiche ! On ne m'aime plus ? — Repose-toi, dors encore un peu, il n'est pas encore l'heure de se lever… Mais je me refuse le quart d'heure de grâce. Derrière mes paupières baissées se déroule le film des soupçons, des méfiances, des folies assourdies et palpitantes où mijotent ma haine, ma tristesse, l'habitude de recevoir des coups.

J'ai parlé déjà des hallucinations. Sujets voisins, mots interchangeables. Les impérieux amants et maîtresses traversent mes pénates dans le tintamarre silencieux de ce ballet d'ombres — chiens noirs, guerriers, ogres, gibier de salle d'attente qui soudain déferle. Les complices amoureux — dandies, tondeuses de pelouses, nonchalantes forces de la nature, vieux pros de la gorge profonde — jouent les mannequins du défilé de mode. Ridicules et craquants (dit-on). Mon soupçon, bien masqué, les enveloppe, nourri de cent détails invisibles à qui n'est pas touché de ma folie. Enveloppes, suscriptions équivoques, rires voilés, réseau des regards (comme des *Tricheurs*, découverts à Nancy, ceux de Georges de La Tour, et ceux de Carné, jadis détesté malgré la légende qui le rendait intouchable depuis *Les Enfants du paradis*...). Jaloux, les plus fous des fous. Et cette volupté quand on tend l'oreille, suit une silhouette, quand on imagine un escalier, une chambre, la pénombre en plein milieu du jour, des gestes, encore des gestes, qui me brisent le cœur — ceux-là surtout qui me sont désormais interdits.

Je peux continuer de le dire sans mentir : je ne sais pas ce que c'est que souffrir de jalousie. Je jouis de jalousie, j'en jouis chaudement, délicieusement, dans le froissement de toute l'ancienne délicatesse. Histoires anciennes.

Ma vie escargothique

Un néologisme vaut par les chemins qu'il ouvre à la précision ou aux rêves. De celui-ci, secouons l'arbre afin d'en faire tomber quelques fruits.

Le premier s'impose : ma vie escargothique — ou escargotique — évoque la pesanteur qui, d'année en année, m'a davantage ralenti, engourdi. Vie lente, alentie, ralentie par les défaillances de mon installation, dirait l'électricien.

Tout de suite après saute aux yeux la coquille, depuis toujours assimilée à une maison individuelle, mobile, collée à moi.

« Oh, lui, il vit dans sa coquille ! »

Ajoutez la traînée de bave, d'où l'on glisse à l'idée d'une sorte d'écriture inconsciente : l'escargot bave sa trace brillante comme un polygraphe son encre. Quant à « bave », je la prends au mot et au sens premier, on le sait. Je bave dix heures sur seize, et encore la nuit, en dormant.

J'explique ailleurs comment je suis devenu un homme qui ne peut ni se pencher ni ouvrir la bouche sans déborder.

« Got » est devenu « gothique » par la pente naturelle qui depuis longtemps me fait l'héritier des Barbares plutôt que des Romains. Goths, Francs, Wisigoths, Ostrogoths, Alamans : mes ancêtres. Ne suis-je pas blondasse et natif du nord-est de la France ? C'en est bien assez. Quand j'ai cherché un nom au personnage de mes romans le plus proche de moi, je l'ai baptisé Burgonde. Il y a un bois des Burgondes dans la forêt d'Orient, où allait marcher de Gaulle qui la nommait, littérairement, « la forêt gauloise ». C'est toujours la Marche lorraine : « Fiers Gaulois à tête ronde… » Fier ? Enfin, c'est pour vous dire les assonances, les rimes. Ma Lotharingie vient de là, qui m'a fait aimer Charles le Téméraire, rêver à Morat, me sentir chez moi de Nancy à Dijon, de Berne à Sion, de Gruyères à Tarasp. (J'annexe ! j'annexe !)

Allais-je oublier les escarres ? Les voici, en train de se creuser à la pointe un peu molle de cette partie du corps qui n'a pour nom ni cuisse ni fesse (tête du fémur ? ischion ?), là où l'os joue sous peu de chair, fait saillie, ou presque, après tant d'heures passées devant le clavier crasseux de mon Hermès. On dirait la machine à écrire les dépositions, dans les commissariats, sale à force de taper des saletés. Je suis toujours déjeté, tordu dans mon fauteuil roulant et pivotant, posé là et oublié comme un manteau par un visiteur négligent. Chacun de mes gestes en est contraint, oblique et, souvent, le fauteuil résiste à mes sollicitations, me file sous les fesses quand je le voudrais immobile, bref m'impose ces retournements avortés qui amènent le saillant de ma fesse gauche à jouer le rôle de pivot dans tous les gestes, étriqués et tâtonnants, que je m'acharne à produire malgré des conditions, on en conviendra, défavorables. C'est donc par là, et ainsi, que les escarres apparaîtront, l'heure venue (« sentinelle, où en est la nuit ?... »).

Échos, glissements, à-peu-près me proposent un autre mot : cargo. Je le vois sur le côté du tableau. Oxydé, rouillé, rafiot pourri abandonné dans la vase des marées basses avec, à son bord, des marins aux passeports énigmatiques, aux regards suppliants et doux. Et la goton, qui pour moi vient de Margot, margoton, et bien sûr de cette reine gothe tombée en misère et devenue servante. Je la vois même mendier à la porte du palais des rois de Neustrie — à Metz ? — qui m'a toujours fait rêver parce qu'il était, dit-on, bâti de bois, de terre et de pierres sèches. Mais peut-être la goton cousine-t-elle avec le drudzon, grosse fille bonasse et agricole vivant dans les fermes et chalets de la Gruyère, ou du côté de Féchy-Dessus, me dit-on, prompte à rire, à fuir, mais pas assez loin qu'on ne puisse la coucher dans le fourrage — de sorte que voilà ma goton sur le chemin de la grande maison peinte, à Rossinière, où mourut Balthus, qui comprenait ma rêverie lotharingienne, en ayant lui-même mené une, à peine moins fantaisiste, dans les brumes des pays baltes. À lui seul il occupe l'aile cosmopolite de mon dispositif, avec ses châteaux bourguignons, romains, son almanach du Gotha (revoilà les Goths...).

Dans ces décors vaguement médiévaux — en tout cas archaïques — une dernière nuance me manque pour donner une idée complète de la palette. Trivialité des temps anciens. Irrésistiblement, goton appelle les tavernes, les rires énormes, les chausses. Exemple : « La coupable industrie de cette goton eut tôt fait de me gâter les chausses... » En d'autres termes : je ne sus pas lui refuser la politesse qu'elle avait déjà entrepris de me faire, ce qui valut à ma belle flanelle grise d'être souillée et raidie par une carte de France bien difficile à dissimuler dans les salons.

« Vous cherchez une définition ? La voici : "l'argotique" est la science du langage dérisoire et voyou. Tenez, de vous j'ai entendu dire avec estime : "Il est licencié ès argotiques." »

Ce chemin des écoliers est emprunté sur une courte distance afin de rappeler que le mouvement naturel des réflexions graves est de glisser à la gaudriole. Le rire est le fruit en quoi se transforment les fleurs de rhétorique et les préciosités que suscitent l'ennui, l'angoisse. La vocation de l'émotion est d'être cassée, comme la porcelaine de ménage.

Le marquis de Putouarey

De bon matin, je rencontre rarement le train de trois grands rois qui partent-t'en voya-a-ge. Je le regrette. La taille soudée par un éternel tour de rein, hirsute, j'essaie de prendre par surprise un jour encore gris qui ne me fait guère d'avances. Les roulettes de mon fauteuil s'enfoncent dans la moquette molle. J'attends. Je règle les bras des lampes, dispose en parallèles et perpendiculaires les objets usuels. La paix de l'âme par l'angle droit. J'attends. Quoi ? Que ce murmure des espaces infinis que captent, dit-on, les grandes oreilles de la NASA, ce chant des baleines, ce frissonnement dont semble tapissé le silence d'un sourd, me fassent le coup de la Lorelei : après quoi il n'y aurait plus qu'à écrire sous la dictée des songes. S'il me restait au moins une brassée de bois mort, des braises de la veille, un fagot à demi consumé prêt à *repartir* — mais non. Il fait froid et vide. Astres lointains, sirènes et cétacés sont muets. Des bouts de phrases, des mots esseulés palpitent, inaudibles. Je tends l'oreille. Je décrète la mobilisation de mes index, note la désertion du gauche, déplore l'extrême fatigue du droit, et je tape : « Après l'attaque dont il avait été victime, M. Patoivie passait pour mollet auprès de la bonne société de Besançon. » Et alors ? M. Patoivie s'est présenté d'abord sous le nom de Putouavet, qui venait tout droit du marquis de Putouarey, l'ami de Barnabooth, l'altier pilote de la torpédo « Vorace ». Puis il a dégénéré en Putouavet, où sonnait encore « pute », désobligeant mais bénin. J'ai peut-être buté sur cette bénignité. L'important n'était pas là, mais dans le « mollet », mot redevenu à la mode à la maison quand Luisa, qui veille si affectueusement sur nous, découvrit mon goût pour les œufs mollets, qu'en bonne espagnole elle nomme « œufs mous » (et je pense aux crabes mous de Venise), façon de parler qui me les fait aimer encore davantage. Donc, mal éveillé, j'avais tapé les vingt mots qu'on a lus ci-dessus, pour le seul plaisir de m'offrir, dans la cocasserie d'une phrase à peu près dénuée de sens, le mot « mollet ». Pensez-y : interchangez-le, ce mot-là, qui se prête à bien des improvisations, avec mou et molle. N'hésitez pas devant l'homonyme. « Il prit un éclat d'obus dans le gras du mou. » Ce gras du mou me fait bicher, j'avoue. D'un franc gâteux rien ne vous interdit de dire, en hommage au ramollissement cérébral d'autrefois : il a le cerveau mollet, ou, mieux, sautant de l'œuf mollet à l'œuf coque — non, ne cédez pas à la tentation de l'œuf coq — qui ne sont pas si différents l'un de l'autre, pourquoi ne pas écrire de M. Putouavet qu'il avait le cerveau à la coque ? Ou plus familièrement « la comprenette à la coque » ? Chacun, je le parie, vous comprendra. L'image de mouillettes de pain trempées dans la déliquescence pourrissante du grand âge rendra vite à votre phrase, rassurez-vous, le caractère pathétique dont vous ne voudriez pas la priver.

N'exagérons pas avec le pathétique. Ces phrases qui frappent à notre porte, impatientes de prendre place au festin littéraire (vous ne l'attendiez pas, cette formule-là), poussent en général sur le versant rieur et ensoleillé du discours. De ces phrases que l'on prononce, dans un blanc de la conversation, d'une voix sépulcrale ou bredouillante et qui peuvent faire du dégât — ou rire. Affaire d'humeur.

Aragon fanfaronnait que sa première phrase lui ayant été *donnée*, le reste suivait, trois ou quatre cents pages coulant comme de source. Le livre où il se vantait de la sorte (se vantait-il ? Il n'en avait pas besoin pour que sa facilité parût époustouflante : disons qu'il se rengorgeait un peu) s'intitulait *Je n'ai jamais appris à écrire* — tiens donc ! — *ou Les incipit*. Il n'est pas désobligeant de constater que ses prouesses d'écriture étaient parfois appuyées, comme d'un autodidacte surdoué. Et qui eût trouvé le truc. L'incipit qu'il montait le plus volontiers en épingle n'était pas le plus fameux — « La première fois qu'Aurélien vit Bérénice il la trouva franchement laide. » Il lui préférait celui, moins musical, moins complaisant, mais peut-être plus canaille des *Cloches de Bâle* : « Cela ne fit rire personne quand Guy appela M. Romanet papa. » On entend là, il est vrai, l'éraillé des voix, et le silence, on sent la douceur d'un jardin, le soir, l'été, du moins je la sens, et les sous-entendus sarcastiques qui dès les premiers mots ont commencé de décaper les comédies du roman. Dernière remarque : mon Putouavet ne doit-il pas quelque chose à « M. Romanet » ?

Sans prétendre mon « mollet » de taille à rivaliser avec le baron Mollet, secrétaire d'Apollinaire et de Carco, ni avec les grandes trouvailles des prédécesseurs, j'indique quelle pente prend l'envie d'écrire quand elle s'insinue en moi. Non pas une envie d'aller faire mon marché, mais celle d'une certaine gouaille, plus féconde, s'agissant de mon travail, qu'une mise en mots classique. Je guette les coups frappés à ma porte. La surprise, l'impatience sont de cette qualité-là. Quelle *occasion* va-t-elle m'être offerte ? La dérision — sous sa forme gaiement subversive des calembours, à-peu-près, jus et jeux de mots (notez qu'une faute de frappe m'offre jus pour jeu. Merci !). La dérision reste, vers la paix et la guerre littéraires, un des chemins les moins trompeurs. Je suis trop vieux pour affronter le monde, peut-être même pour lui tourner le dos. Restent la cocasserie, le coq-à-l'âne, le pied et le contre-pied, le pet et le contrepet, qui interdisent à l'écrivain de se *mettre en dimanche* et confèrent aux plus aventurées de ses tentatives un côté rigolard propre à dissimuler les complots. Gide, baptisant les héros des *Caves* Julius ou Juste-Agénor de Baraglioul, Lafcadio Wluiki, Fleurissoire ou comte de Passavant, travaille à la fois à mystifier le lecteur et à démystifier son livre. Tout grand texte devrait inventer son « dousquipuedonctant ? ». Le burlesque protège l'émail des mots.

Ce que je cherche ici à formuler ne se laisse pas aisément saisir. Je voudrais savoir comparer le bagage avec lequel, à seize ans, à peu près, je me suis approché de la littérature et celui, beaucoup moins encombrant, que je transporte aujourd'hui. La littérature de mon adolescence (je croyais les deux mots interchangeables, ou synonymes) ne respirait que sur les sommets, en même temps qu'elle était investie des fonctions triviales de l'ambition, constituait un répertoire de recettes pour une vie haute, etc. En effet, mon altitude moyenne était élevée. Je ne concevais pas qu'on pût tourner à la farce les propos solennels, endeuillés et pessimistes dont je faisais miraculeusement récolte, quelque livre que j'explorasse. J'ai appris que les livres n'ont rien à me donner que du plaisir ; ils parfument la vie, ils ne lui font pas un squelette : ils lui chantent un air. Je m'approche de l'écriture (je veux dire du face-à-face avec la machine à écrire, affrontement le plus souvent matinal) dans un état d'esprit nouveau. Dédramatisé. Distancé — et puisque nous en sommes au charabia : festif. J'avais déjà le poil gris quand ce mot-là s'est installé, qui ne profite de mon indulgence qu'eu égard à son voisinage, dans le dictionnaire, avec fesse-mathieu, dont je raffole. Sans aller à la feuille blanche comme au bal (il existait des « bals blancs », autrefois, du temps des pères Noël, des vertus farouches, des instituteurs fous d'orthographe), dansons un peu : une page de prose française offre des plaisirs sûrs. Pour l'instant, ils résistent à (presque) tout.

« Number one, number two »

Quand il veut faire scandale à moindres frais, le cinéaste d'avant-garde, européen de préférence, montre une jeune femme se déshabillant, seule dans sa chambre, qui flaire la petite culotte qu'elle vient de retirer. Dégoût, grimace, soupir sont proscrits. Rien qu'un geste animal, l'expression d'un sentiment identitaire, instinctif, de possession de soi. La série des gestes secrets par lesquels les humains se rassurent charnellement à leur propre odeur (qui est parfois odeur de saleté) n'est pas explorée volontiers. Secret machinal, réflexe plutôt que geste — mais secret quand même. C'est lui que guettent les voyeurs, les maniaques de la longue patience devant les fenêtres éclairées, mieux : ouvertes, les nuits d'été.

L'attention passionnée et furtive à notre corps règne sur l'enfance, l'adolescence. Elle est alors d'une audace et d'une impudeur parfaites. Ces vertus tiédissent avec l'avancée en âge. Vers trente-cinq, quarante ans, on aurait tort d'attendre encore une aubaine de ces vieilles patiences scrutatrices, si semblables au geste de l'exhibitionniste quand il écarte les pans de son imperméable à la façon d'un rideau de scène sur son théâtre intime. Aux aguets ? Bernique ! Il faut attendre la descente vers la vieillesse pour retrouver le goût de communier avec soi-même dans les odeurs, moiteurs, ultimes intimités où l'homme se visite, se reconnaît, se flatte. C'est l'âge où les odeurs rassurent, où la tentation est forte de s'abandonner aux gestes, de palpiter des narines aux parfums de chaud, de vieux, de fermenté qui montent à la fin du jour des corps négligés et des linges douteux. Non seulement on s'abandonne mais on savoure, on jouit. Le pipi-caca, dont on préfère n'avoir pas à imaginer les armes parlantes au blason de l'âge, souille le drapeau de la vieillesse. Je me rappelle avoir entendu la même histoire de braguette ouverte une heure trop tôt ou une minute trop tard contée, à quelques jours d'intervalle, dans les mêmes termes, par Alphonse Boudard qui la tenait de l'hôpital, de la prison ou de la guerre, et par le marquis de T., ambassadeur de France, le plus élégant entre les élégants, qui l'avait héritée de quelque tradition cavalière ou cercleuse. Le (faux) voyou ou le membre du Jockey : même combat — je veux dire même défaite.

Viril

De tout ce qui est humain je n'ai jamais eu besoin que d'une petite quantité. Petite quantité, aussi, de chaque être. J'aime les couche-tôt, les silencieux, les adeptes du moindre mot. Je n'aime pas les âmes palpitantes.

Entré dans ce crépuscule précoce ou tardif, je ne sais, j'y trouve un décor et des rêveries selon mon goût, mais dans un état de délabrement qui m'étonne. J'ai dépassé le stade où je me croyais toujours installé dans un corps de vingt-cinq ans, mais je reste loin d'occuper mon personnage légal. Je préfère à tout l'ancrage au port et les voiles affalées. Naguère encore les gares m'enivraient, les routes ; je cherchais et croisais des regards : j'avais des grâces de calicot ; j'étais toujours prêt à beurrer la tartine. Désormais je vis dans les trente mètres carrés d'une chambre-bureau dont l'encombrement défie les gestes et déplacements habituels. Les meubles, au nombre de quatorze, sont, selon l'axe de mes regards, massifs, pliants, tournants, couverts de lampes et de paperasses en quantité déraisonnable. Les livres ? À vue de nez j'en compte ici quatre ou cinq cents, empilés partout où une surface, au sol ou sur un coin de meuble, permet de poser la base d'une tour oscillante. J'oubliais deux bacs roulants, métalliques, modèle pour PME à ses débuts, où des dossiers suspendus compriment les secrets de ma vie. Aux murs (qui sont bleu de nuit), dix-neuf toiles ou dessins ; sur ma cheminée quinze photos encadrées d'écaille ou d'argent, et une vingtaine d'autres fixées ici ou là par une punaise, un aimant. Un grand panneau de liège facilite l'accrochage de mes compagnons : Yourcenar à Petite Plaisance, Pourtalès dans sa chambre d'Etoy, Montherlant en jeune homme au chat, Pierre C. en danseuse espagnole, Françoise et Jean, transis, à Caux, tous les membres de ma famille rêvée à pied ou à cheval, avec ou sans chien. Je regarde souvent ces visages, y compris le mien, là, incroyablement jeune, et même, à côté de ce petit garçon boudeur, sur une plage de Belgique, cette silhouette monumentale, ventrue, citadine, au complet de bonne cheviotte, ce géant aux chaussures d'élégant 1930 — dans le sable ! — à qui, par quelles voies mystérieuses, j'ai fini par ressembler. Allez en paix.

Never explain, never complain est une de ces banalités morales qui caressent et rengorgent le donneur de leçons, et lui raidissent le poil. Armée des Indes. Fausse bonne affaire. Je propose plutôt ceci : il faut parfois se plaindre, et toujours s'expliquer. J'aime qu'un homme s'émeuve, qu'une larme lui fasse briller l'œil, et les embrassades bourrues entre messieurs. Quant à s'expliquer, je tiens qu'il ne faut jamais enterrer les cadavres : ils sentent vite et empoisonnent nos vies.

Comment se fait le vide

Je suis réduit à l'os. Avec une poche de viscères qui pendouille par-devant — soyons précis. J'ai tout laissé tomber de moi, et ce qui ne tombait pas je l'ai arraché. J'ai regardé jaunir l'arbre. J'ai soufflé une tempête sur cet automne abrupt qui finit de me dépouiller. Faites-vous invisibles et les regards vous traverseront. Donnez le signal du départ : votre maison se videra.

Oui, le vide. Depuis quelques mois il menace de devenir oppressant. Cessez de rappeler les gens, puis de les appeler, ils seront à peine étonnés. La mort sociale quand elle aspire, avale, efface les inconnus, les peu connus, on la remarque à peine. Vos ongles auront depuis longtemps cessé de pousser dans le noir du cercueil quand seront toussotées les questions rituelles, si vagues, si vagues ! « Mais que deviennent-ils ? » Le mot est bien choisi : nous aurons entamé une radicale métamorphose ; nous serons devenus de la poussière et de la mémoire — de la poussière de temps dans quelques mémoires. D'ici où je suis à là-bas où personne ne m'attend, la route n'est pas très longue. « Prévoyez quand même... — Quoi ? Combien ? » Dois-je calculer en semaines ou en mois le temps qui me sépare de *l'unité* miraculeuse ? Et quand je l'aurai atteinte, reconnue, occupée, faudra-t-il calculer en mois ou en semaines le temps qui ne me séparera plus de rien ni de personne ?

Ma règle des trois unités : la maladie, un texte, une seule présence humaine. La fin de tout et les raisons de tout. Aucune peur parasite, aucune échappatoire, aucun raccourci. La balle rebondit de mur en mur et, comme au trinquet, semble prendre de l'accélération : ce sont mes mots qui se traînent. Balle ? De quelle arme ? Peut me tuer à la première distraction, la peur que je renvoie, d'angle en angle, et qui me traque. Jusqu'où, de la maladie, pourrai-je aller, encore lucide, encore rieur ? Aucun livre n'a jamais épuisé une maladie vécue de l'intérieur. Les écrivains n'enterrent que les autres, les inventés, ou les guéris. Exception : l'irrémédiable blanc qui clôt à jamais les journaux intimes. On devine le stylo abandonné sans son capuchon, la lampe restée allumée. À moins que le destin, meilleur metteur en scène, ne précise : « Le poète s'est éteint le 14 novembre, sans avoir, semble-t-il, rouvert son journal. » Un délai de, disons, deux semaines est alors apprécié. Un an de silence, on dirait « des suites d'une longue maladie ». Pour faire rêver, le blanc doit être immédiat et bref.

Les vieux au miroir

Il y a toujours un miroir. Gosse, j'aimais le ton indigné des petites de chez Pigier quand elles se retournaient sur un vieux qui les avait reluquées : « Il ne s'est pas regardé, celui-là ! » Oh, que si ! On croit les apprentis ramollos, les gâteux débutants qui ont encore tant de progrès à accomplir pour parfaire leur hébétement, on les croit inconscients de leur état. C'est mal connaître le raffinement dans les supplices de l'âge. À mesure que le vieux vieillit, il semble perdre conscience du délabrement qui l'affecte. Sa vigilance, au contraire, s'exaspère. Rien ne lui échappe du spectacle qu'il offre ni de son effet catastrophique sur ses témoins, fussent-ils blindés par le souci de leur indifférence. L'apprenti ramollo est le premier à entendre sa voix se voiler, à voir ses gestes devenus incertains, ses mains incapables de sortir un sucre de son emballage, un billet de sa liasse, et une angoisse irréfléchie prendre en lui la place occupée la veille encore par la désinvolture ou le dédain. Il se voit avoir peur dans le noir. Il entend les blancs faire des trous dans son discours. Il s'entend déparler, patauger dans les mots épais, glissants. Il perçoit tout cela, qui le livre à autrui, avant qu'autrui ne s'en avise ; il se défait alors, il s'effrite, il s'effeuille. Quelques épreuves mal abordées le font douter de tout. Il ne se croit plus bon à grand-chose. Et les visages de ses interlocuteurs donnant à mesurer l'effet désastreux qu'il produit, il cesse de se battre et s'abandonne à son abandon avec un fatalisme de voluptueux.

Dignité I

Jeudi 7 juin 2001 : la peau de chagrin étrécit encore. L'effeuillage continue. Ce jour-là, sur je ne sais quelle ligne du métro parisien je *perds* ledit métro. La rame accélérant du côté de Concorde, Madeleine ou Saint-Lazare, me voilà bringuebalé comme jamais. Cramponné à une barre verticale, au lieu d'être stabilisé je suis emporté par un mouvement de vrille qui me fait pivoter autour de mon point d'appui en même temps que je pique du nez. J'évite la chute par une traction désespérée des deux bras et force grimaces. On me regarde. On ne pense guère pour l'instant à me céder une place ; la curiosité (ce n'est pas coutume) l'emporte sur la délicatesse. Un mec qui se ramasse — barbu, cravaté, l'air décoré — c'est toujours du nanan, une occasion de rire, genre film burlesque, *Le Mécano de la « General »*, etc. Presque tout Chaplin est là pour le confirmer : chute égale rire. On se casse l'os fatal en apportant son grain au moulin de la vie joviale. Qui se refuserait à un échange général aussi sain et aussi gai ? Aïe, vlan, crac, boum — toutes les onomatopées du cassage de gueule viennent aux lèvres des témoins. Encore un cahot et mes fesses touchent le sol. Deux bras costauds me prennent sous les aisselles et me hissent : Allez hop, houp ! et zou ! — les onomatopées du sauvetage succèdent à celles de la chute. Inimaginable faute de goût. Déstabilisé. La rame entre à la station, que je tâtonne encore à la recherche de mon équilibre. Un monsieur, d'une pichenette, retire un cheveu perdu sur le revers de mon veston ; il tient à ma dignité. Ça tombe bien : moi aussi.

Dignité II

Naguère, vers 1997-1998, j'en voulais aux gens bien intentionnés qui me félicitaient de ma belle apparence. « Ça ne se voit pas du tout, me disait-on. Je vous ai observé, eh bien... » Connaissant la fêlure, et son cheminement, j'enrageais de voir mes interlocuteurs acheter à si bon prix le droit de parler d'autre chose.

Aujourd'hui, les grimaces de la cantatrice connaissant une prospérité spectaculaire, le jeu de la « forme superbe » n'est plus tolérable pour un ami de bonne compagnie ; il faut trouver autre chose. Classique : le regard fuyant, le mutisme, mais une vigilance implacable. On écarte l'hurluberlu cahotant qui met un brin de complaisance — « vous ne trouvez pas ? » — dans la représentation de son handicap. Un polio garçon d'honneur, ça la fout mal dans un mariage. M'écarte-t-on ? Non, on m'oublie.

Après avoir joué mon rôle de malade en avance aux rendez-vous de la maladie, et trouvant dans cette avance la matière de variations plutôt cocasses, je traîne les pieds. Je m'étonne, m'insurge : me croit-on déjà mort ? Je peux encore tenir ma partie, pourquoi ne me convoque-t-on pas ? À peine ai-je eu compris que « les gens » désormais repèrent la maladie et la mesurent — aggravant peut-être ses signes — je les trouve déloyaux et lâcheurs. Je suis blessé qu'on évite désormais de me confier un rôle — dans une émission, un débat, pourquoi pas un cotillon ? — alors que j'ai manifesté pendant quatre années le plus vétilleux alarmisme. Maintenant, étonné que « ça se voie ». Quoi, ils n'apprécient pas la désinvolture et la démarche de ce désarticulé, de ce pantin aux fils pleins de nœuds ? Pour un peu, j'irais parader. Ce qui ne m'empêche pas d'être fâché quand on m'offre un siège ou un coup de main pour me lever. À propos du métro : j'en ai perdu l'usage commode, donc le goût, le 7 juin 2001, voir ci-dessus, sans cohue ni tremblote particulières. Amarré par mes deux bras, les genoux fléchis pour amortir les secousses, je ne tenais plus debout. Des jeunes gens des deux sexes m'observaient avec une vague, très vague curiosité. Ni sourires, ni hostilité, ni sympathie : rien que le traintrain d'humains anonymes. La comédie est finie. Nous approchions de Jasmin, écho oriental qui embaume notre adresse parisienne. Ne suis-je pas en train de me tromper de souvenir ? Je dus me résoudre à me relever, une traction qui valait bien les « pompes légionnaire », de la position où j'avais glissé, traître déjeté, troué, replié après la salve du peloton. « Oui, c'est ça, en force », me souffla le costaud qui m'aidait. Quand la force manque ? L'expérience méritait mes contorsions. Elles amusèrent deux négrillons qui continuaient leur chemin vers Michel-Ange. Ils m'adressèrent des sourires quand la voiture me dépassa, perdu de lenteur sur le quai déjà vide.

Mon index gauche

Au cours de la semaine sainte de 2001 il me fallut le constater : je n'étais plus capable d'utiliser, pour taper à la machine, que mon index de la main droite. Le gauche, qui pendant tant de mois s'était comporté avec décision et loyauté, m'avait lâché selon toute apparence au cours de mon sommeil : au matin il ne m'était plus d'aucun secours. Je n'évoque pas les huit autres : depuis belle lurette je n'étais plus qu'un dactylographe à deux doigts. Ma vieille machine constituant depuis 1996 mon seul instrument de création (le mot est ridicule, mais lequel utiliser ?), j'ai perdu, ce début d'avril, la moitié de mon pouvoir de fixer les mots. Je n'ose écrire *écrire*, ce serait abusif et faux. Quelque verbe ordinaire ? Jugez-en : « Gérard de Nerval tapa *El Desdichado* dans la nuit du... » Une partie de mes difficultés viennent de là : taper un manuscrit, se taper une tapineuse ; même mes efforts pour écrire n'aboutissent pas à une écriture mais à un bricolage nerveux, bruyant, saccadé, d'où surgissent sur le papier des caractères inégalement frappés, donc inégalement imprimés, un texte mité, semé de blancs, illisible si, sous le coup d'une hâte de bon aloi, j'ai accéléré le rythme de mon pianotement. Mon texte semble avoir été secoué dans un cornet à dés. Incapable, pour l'instant, de renoncer à l'usage de mon index gauche, je cherche à le mettre de force au travail. Parfois, il cède. Il me fournit de bonne grâce un « a », ou un « e », ou un « s » superbes. L'espoir renaît. D'autant plus trompé que chacune des dix tentatives suivantes se soldera par un raté, un coup de marteau à côté du clou, le bruit d'une merde tombant dans (ou ses environs) le trou d'un cabinet à la turque.

La grande nouveauté de cette semaine sainte a été le comportement inattendu de l'index récalcitrant : non pas maladroit, hésitant, mollasson, mais inerte. Quand il est suspendu quelque part au-dessus du territoire des AZERTYUIO, qui me semble constituer l'ouest du clavier, un fil invisible doit le retenir en l'air, tel un hélico en *stand by*, car il refuse de frapper la touche. Il semble saisi d'une peur intense. De l'eau en ébullition ne l'effrayerait pas davantage. L'index gauche reproduit, jusqu'à la trémulation de tout mon corps, le blocage général dont il propose une réduction, une sorte d'échantillon. C'est la première fois qu'un de mes handicaps est ainsi détaillé, miniaturisé, puis *joué*. Les yeux fixés sur le clavier, rien ne m'échappe de cette version intime de mes grands cafouillages moteurs. Je pourrais me produire dans les facultés, où je servirais d'illustration au cours du *grand patron*. Je deviendrais à la mode, autant que les hystériques du professeur Charcot, autrefois, que j'imagine on venait voir comme en d'autres temps on ira écouter au Collège les leçons de Valéry ou de Barthes, les séminaires de Lacan. Dans quelle catégorie me rangerait-on ? Mannequin du ventriloque ? Tourneur de pages du virtuose ? Hélas, mes grincements ne changent rien à la réalité : je m'entraîne à ma langueur de panda, entraînement qui consiste moins à tenter de taper plus vite qu'à réussir, hélas, à penser plus lentement.

Pouvoir, honneur et berlingots

La matinée s'achève dans une douce brume de soleil. Bientôt, les deux ou trois ogres de la table demanderont : « On ne mange pas ?... »

« Il reste un point à aborder, qui n'était pas prévu à l'ordre du jour », dis-je, et déjà ma voix se casse. Je sors une feuille rose d'un transparent bleu : tout cela acheté il y a bien douze ans chez Kramer, papetier à Vevey. Inépuisable stock de mes feuilles roses, épaisses, chaudes aux mots comme du cashmere l'est au corps. Mystérieuses, elles réapparaissent sous ma plume dans les circonstances exceptionnelles. Je lis les quelques lignes par lesquelles je résilie mes fonctions de président. Voix intérieure : Président des puces et des papillons. Je sens autour de moi, dense et embêté, l'étonnement. Situation imprévue. Ma « masse musculaire », réputée avoir fondu et me torturer discrètement, se meut soudain avec plus d'agrément. On minimise, on noie le poisson, on ouvre sa cage à l'oiseau, urgent d'attendre, hâte suspecte, donner du temps au temps, etc. On s'ébroue. Pour moi, un verre de porto. Que penserais-tu… Je regarde ma montre. « À l'AFP, le communiqué est tombé, dis-je.

— Un communiqué ? Tu nous as fait ça ?

— En somme, tu as bétonné…

— En mon temps, dis-je, j'avais mauvaise réputation chez les agents immobiliers : je ne marchandais jamais. »

Les lèvres se pincent.

Rentré chez moi j'y trouve le silence et la pénombre à quoi se reconnaît, me dit-on, mon absence. Je dédaigne l'ascenseur et fais une chute dans l'escalier : la treizième marche, ma vieille ennemie. Je découvre alors combien je suis fatigué. Pénombre et soupirs dans les bras de Mr Eames. Songes. Je m'en éveille vers neuf heures du soir et mesure l'épaisseur du vide : le téléphone n'a pas sonné une seule fois. Aussitôt, soulagé, je ricane : qui me prétendait entouré de curiosité chaleureuse, de compassion ? Je suis un bout d'écorce blanche tombé au pied du bouleau, un mouton de poussière sous le lit défait. Ah, la belle vie parisienne, les amitiés savoureuses, les regards musclés et tendres !… Là-dessus, on me demande : « Est-ce vous qui avez maintenu le téléphone décroché depuis ce matin ? — Décroché ? » Eh oui, Ducon !

Mon cœur se réchauffe. Quelle bête je fais ! Ils m'ont tous appelé dix fois, ils ont dû pester, fustiger mon manque de caractère, ou, mieux, apprécier ma prudence, se dire qu'il y a là une leçon. De quoi ? De dignité froide et têtue. Excellente formule. Je vais la retrouver, avec ses variantes, dans le courrier de demain matin. Tenez, le voilà. Vingt-cinq lettres de plus que la veille, légère poussée de fièvre. « Renoncer au pouvoir… » « Se ficher des honneurs… » Ouille ! La petite Hélène, autrefois, criait ainsi, « Ouille ! » quand elle voulait signifier qu'un monsieur avait la main leste : « Ouille, c'est un rapide !… »

Des mots et un sourire qui me brûlaient le ventre. Pour l'heure : « Vous avez dit pouvoir ? Mais de quel pouvoir disposiez-vous, au juste ? — Droit de grâce sur les menthes acidulées ; chargé de la pompe funèbre chez les sucres lents ; autorité suprême mais discrète sur les pâtes d'amandes, le touron, la frangipane… J'ai été le drogman de Son Excellence Loukoum pacha, et le meilleur ami de son homme lige, le baron du Drageoir, car il y a, Messieurs, une aristocratie du bocal comme il y a une noblesse du bouchon… Ah, j'oubliais : arbitre des élégances et prince chez les berlingots… » La voix se brise à cette évocation, ce qui permet d'entendre une autre voix, excédée et lasse : « Berlingot vous-même ! »

S'ils savaient !

Et pendant qu'on me prête ces chiqueries en tout genre qui assaisonnent le bouilli de la vie, je me calfeutre dans mon trou, trottinant menu, butant sur les moindres cailloux, piquant de la moustache, la queue rose sur le rose papier de chez Kramer, moi, le révolté des trous à rats, Gaspard Ier, roi des Grandes Peurs, des pestes et des embuscades nocturnes.

Enfoncé dans les épaisseurs de papier, errant entre les falaises de livres empilés, les dictionnaires, les encyclopédies, les dossiers urgents, jaunis, effrangés, je découpe des gorges, des trouées comme en réussissent parfois les torrents. Je fraye un chemin à mes bricolages dans la croûte du temps, les alluvions, les sables mouvants, les tourbières. Je dégage pour ma main (à qui cette générosité est inutile) un espace trop restreint pour y déployer les doigts crispés sur le trop gros stylo, conseillé par la Faculté. Et puis, pourquoi ces volutes et ces festons ? Les canyons creusés dans le rouge sang séché du Colorado, c'était hier, avant-hier, il y a un siècle, « du temps que j'étais belle » et que dresser son index constituait tout simplement une injure brodée sur le désespoir et la vantardise sexuels, mais ne dénonçait pas encore la misère de l'artisan à qui l'on a volé son meilleur outil.

Posologie

Huitième jour de l'augmentation lente, prudente (mais brutale telle que vécue par moi) de l'une des composantes de mon traitement. Un mieux ? Je ne dois pas l'attendre avant vingt-cinq jours. Cet avertissement me paraît ouvrir droit au pessimisme. Je constate plutôt une aggravation des symptômes. Si dans la rue je sauve les apparences, à condition de fuir les trottoirs trop passants, dans la maison je ne fais plus qu'écraser des bestioles invisibles, buter sur des cailloux. Je marche les mains en avant : elles doivent être libres, vides, prêtes à me rattraper aux tables, murs, portes. Je passe des quarts d'heure hébété, soumis. Le temps semble à la fois aplati et désintégré. J'y flotte, sans révolte ni peur. Pourtant les signes inquiétants se sont multipliés. Les bras du compas se referment. Mes curiosités se raréfient. L'à-quoi-bon, qui m'a si souvent détourné des « choses de la vie », devient la soie dont sont tissées les heures. Je me goinfre de flou, de mou, de vide. Le passage, en moi, d'images me tient lieu de mouvements. Au vrai, j'use six ou sept heures par jour à demi assis, à demi allongé, dans ce fauteuil pivotant (Mr Eames) dont mon corps épouse de mieux en mieux la forme. J'ai des hanches à emplir à ras bord une marquise. Les lendemains basculent peu à peu dans un temps neutre, immobile surtout. Tout devient hésitation, lenteur. Je n'imagine pas comment se rouvriront les portes qui se ferment. Des voleurs sont installés en moi, qu'aucune alarme ne dénonce. Le téléphone est silencieux. Ma voix, selon les moments, se dilue, s'assourdit, s'éraille, déraille. Je me tais.

La maison, qui me fut si longtemps un refuge, accumule tous les pièges. Familière, elle n'en est que plus dangereuse : ses menaces, transitant par moi, me traversent, font de moi mon ennemi. Tel dessin du kilim, sur le palier, deux marches un peu arrondies, une gorge du Tarn entre la table thaïe et la grosse bergère arlésienne : dans ces lieux-là le vertige me tend ses guets-apens. Je ne traverse plus la maison que la suspicion dans le regard, tâtant la moquette du bout de la chaussure, les mains lâcheuses, crispées, bientôt secouées, tremblantes. Je murmure des injures que nul public n'est là pour apprécier.

Voyeur, je passe de longs moments, quand la nuit tombe, à scruter les fenêtres d'un immeuble haussmannien dont les habitants n'ont pas la religion des voilages. Patience ! On surprend des visions, des gestes : une cambrure de reins devant un miroir, ou, devant le même miroir, ce joli ploiement et retournement de l'encolure pour apercevoir le dos de la robe. Ainsi font parfois les chevaux. Leur cavalier porte-t-il des éperons ? A-t-il à la main un quignon de pain ? Robe alezane, chez cette belle rousse, là, au troisième, qui paraît impatiente de se dévêtir dès qu'elle parle au téléphone… Ce geste, pour faire tomber d'elle le cardigan… Il n'est pas interdit de penser qu'il arrive à mes voisins d'en face de me rendre la pareille — quelle bonne nouvelle ! Ma lenteur doit les stupéfier. Mal compréhensibles de près, mes blocages sont, de loin, mystérieux. Ai-je l'air d'un cardiaque qui attend le prochain raté de la pompe, le prochain battement de cœur escamoté ? De loin tout cela doit paraître langoureux, un peu ramenard, un air de comtesse hongroise ou de baiseuse debout, drapée de satin, peut-être un bras levé le long du chambranle d'une porte, à moins qu'il ne s'agisse de la terreur immobile de qui regarde monter le long de sa cuisse ou de son bras une mygale, un scorpion. On voit de ces choses-là au cinéma. Je suis tellement tétanisé — immobile à cœur comme on dit d'un fromage qu'il est *fait à cœur* — qu'un arachnide meurtrier s'y laisserait tromper et me prendrait pour du minéral, de l'amorphe. M'épie-t-on, vraiment ? Les « séquences oniriques » dans les films d'autrefois où l'on comprenait, à ces gambades endormies, ralenties, aériennes, que les *grands sujets* étaient en train d'envahir l'écran.

J'ai peur de larmoyer ? Bien sûr ! Je m'entends geindre, frémir de l'archet. Je n'imagine que trop les réactions des cœurs bien contrôlés, des mélomanes du premier cercle. Essuyez donc vos larmes, essuyez donc vos mots. Peut-être, après tout, ces changements dans les quantités recommandées, les horaires des prises, sont-ils responsables de l'effervescence qui règne dans ma tête comme une ébullition, le friselis d'avant l'ébullition habite la casserole d'eau posée sur le feu. Oui, c'est bien, fixez votre attention sur les détails ; appuyez-vous, de l'épaule ou de la hanche, on vous a appris à le faire, au montant de la bibliothèque, et prenez l'air plus préoccupé qu'incrédule, mobilisez vos forces, prenez un discret élan, jetez-vous dans ce vaste vide où rient des inconnus.

L'effervescence, on s'en doute, ne va pas sans compagnie. Mes fantômes me font une *conduite* : ainsi appelait-on l'émeute qu'une petite foule jetait à la poursuite des fauteurs de troubles. La « conduite de Grenoble » : est-ce un épisode de la révolte des canuts ? Ma tête : une sphère qu'habitent les tumultes. Ah, ce tapage ! — Qu'est-ce ? Une émeute ? — Non, sire, une révolution... Et pourquoi pas LA révolution ? J'entends rouler les pierres qu'on s'apprête à charger sur les chariots du citoyen Palloy. Nous savions tout sur lui, vers 1955, quand J.B.D. l'avait découvert, ce « patriote » Palloy, adjudicataire des pierres de démolition de la Bastille, dont il avait commencé par faire des souvenirs, mais le symbole était lourd — le presse-papier *citoyen* eût écrasé la table — et bientôt Palloy, devenu spéculateur immobilier, vendit aux maçons ses charrois : au plus proche, les blocs servirent à reconstruire la place du Palais-Bourbon sous son aspect actuel. De sorte que tel ou tel propriétaire farouchement républicain fit gratter ses murs afin de laisser apparaître, réduites à l'état de cloison bourgeoise, les ex-murailles de la tyrannie. Le royaliste nostalgique pouvait, lui, offrir bruts ces autels devant lesquels célébrer la Terreur. Nous sommes des gens d'idées, non ?

Ce que disant, je ne peux empêcher les gueulards, les avinés, les grands queuteurs de la nuit parisienne de passer la Seine et de venir, par Chaillot et Auteuil, jusqu'à ma maison, qu'ils envahissent : ils passent derrière l'oreille droite de mon fauteuil, se bousculent dans la poussière des Piranèse... Des silhouettes passent, des formes humaines se contorsionnent. Ainsi ces cris, ce défilé d'ombres... « À la lanterne... » Le portemanteau est un ivrogne tassé dans l'angle de deux murs. Une voix chantonne : « Baise-moi à la nonchalante... fais-moi danser la plus que lente... » Des chiens creusent leur rond et se taisent. La lumière baisse, les heures s'usent au frottement inexorable des rêves. Je dors.

Parvenu au vingt-cinquième jour de la lente et sinueuse augmentation de mes prises de médicaments, je constate, comme me l'avait annoncé le Pr L.-C., que *l'accompagnement* du monde, autour de moi, est en train de changer. En d'autres termes, si les paroles restent les mêmes — j'en suis l'auteur — la musique se modifie : ça s'améliore, ça chantonne, ça accélère. Convoqués, les mots se présentent et claquent les talons : sifflés, les chiens aboient. J'éprouve toujours le sentiment désagréable qu'un parti de brigands campe derrière mon front. Ce boucan dans mon crâne, mes oreilles, ce ronronnement de moteur... Calme, les chiens, calme ! Des verrous sautent, des filets d'eau glissent entre les mottes, dévalent. Les mots, les mots sont là, ils sont de retour, leur garde-à-vous ne mentait pas, leur garde-à-vie (résolution : toujours respecter la chance aléatoire d'un lapsus, et puis, soyons pratique, I et U se touchent après qu'AZERTYUIO a lancé son cri barbare). Les mots sont à la fête de ma vie : sous quelle forme leur rendra-t-on hommage quand on me portera en terre ? (L'expression n'est pas fameuse. Je préférerais : quand on dispersera mes cendres au vent. Mais quel vent ? Et l'urne ? Qu'en fait-on ? Mes cendres sont en urne, ma semence reste en burne. On entend les nocturnes battre lourdement des ailes, dans la grande peur blanchâtre où ils savent qu'ils volent à la mort.)

Il y a un demi-siècle, on fit des films pour mettre en scène l'ivresse, encore mal connue, que les premières substances anti-inflammatoires déchaînaient chez des malades soudain euphoriques, conquérants, riches, irrésistibles. On voyait le héros, devenu prodigue, humilier sa femme et ruiner les siens. Je sais maintenant ce qu'il ressentait : cette occupation de ses pensées par de mauvais garçons, des aguicheuses qui le poussaient à la fête. La Fête ? Un peu trop de tout, et trop vite. Je ne tombe plus, pour l'heure, je me rattrape en glissant, en tournant. Un oreiller attaché aux miches : je devrais y penser. Combien de jours va durer le miracle ? Je tiens un long balancier ; j'avance mes pieds chaussés de ces ballerines multicolores que portent les gondoliers à Venise. Le « fil de la vie », c'est celui sur lequel je prolonge d'une minute encore la prouesse de me tenir droit. Oui, réduite à un fil, la vie. Un fil d'eau. Un filet ? Renonçons-y, la scène aura plus d'allure.

Les forces de l'ordre

Depuis 2 600 jours je suis redevable à la cantatrice de privilèges, de misères facilement exploitables, de jalousies contre nature mais flatteuses, et surtout d'une manière de corset moral. Il m'impose un comportement touchant, discret (tant que cela ?), une mise en scène de ma vie où mon personnage trouve ses maîtres et son compte. Il arrive que des proches m'accusent de tirer bénéfice de Miss P. Je serais son maquereau en même temps que sa victime. Je l'aurais mise sur une sorte de *trottoir* littéraire où elle me rapporterait gros. « Somme toute, un beau mariage », constate celle qui me reprochait hier d'avoir épousé la maladie. Revenus inespérés. Plus aucun souci à te faire quant à ton personnage, ton allure, l'opinion qu'on a de toi. Tu tiens ton rôle et tu t'y tiens.

Justement, mon rôle. Peu à peu il s'est mis à me dévorer. Le malade bouffe la maladie. Quand on me félicite sur ma bonne mine — les gens, c'est une règle, vous trouvent toujours « infiniment mieux que la dernière fois… ». Pas question de reconnaître un état stationnaire, moins encore une régression : votre interlocuteur en fait une affaire personnelle — quand on me congratule c'est en me fourrant une botte de fleurs dans les bras. L'air d'un vainqueur d'étape. J'ai appris à arborer mon sourire le plus maillot jaune. Comment jouer aux quatre coins avec les bahuts et les secrétaires, plonger entre des buts imaginaires, tartiner ma cravate de crème chantilly, dès lors que je suis *resplendissant* ? (Le mot est acquis.) Ma bouche se tord — ils appellent ça un sourire — pour éviter les baveries trop spectaculaires. Tiens, ma bouche, parlons-en, il y avait longtemps. J'ai évoqué les débuts de ses pitreries et négligences — la tasse penchée, qui déborde, la déglutition trop lente, les friselis du menaçant hoquet —, mais j'ai oublié de *couvrir* (comme un reporter) l'aventure de la bouche elle-même, orifice que n'obture plus aucun réflexe, jour de souffrance mal fermé par où se glissent les chats et sifflent les courants d'air. Où sont passés les exercices (simples mais in-dis-pen-sa-bles) que me recommandait le petit livre bleu ? Au miroir, se faire à soi-même une série de grimaces *rustiques*, genre cul-terreux de Molière : ô… ha… hi… en essayant de contrôler le glissement possible de la singerie au rictus, et le tremblotement dont sont soudain affligées les lèvres, dans une parodie d'irrésistible chagrin.

À force d'aller mieux, je ne sais plus sur quel chemin je me suis engagé. Le naturel — qui est aussi la ruine de tout respect humain — est revenu au galop, une fois intégré aux rites de la vie quotidienne causés ou exigés par la maladie. Je m'abandonne désormais à tous les petits *riens* que je feins de considérer avec familiarité, que je n'hésite plus à imposer à mes compagnons. Non sans y mettre de la complaisance, l'art de me faire plaindre, le goût de m'exhiber, qui ont si vilainement creusé mon personnage, le rendant sans-gêne, indiscret, toujours en train de risquer une de ces confidences sordides qui choquent ceux qui les écoutent et mouillent d'une sueur mauvaise ceux qui les font. J'y ai pris goût. J'ai sans doute l'impression de vivre dangereusement quand, sous le prétexte de servir Miss P., j'écarte ainsi linges et pudeur. Je me racle la gorge le matin pour en extraire les glaviots, miettes perdues, résidus alimentaires minuscules qui font des profondeurs de ma bouche, oh, non ! pas un cloaque, mais le garde-manger d'un vieux catarrheux, de ceux qui crachent sur les quais de gare. J'empile en tours instables, autour de moi, les dictionnaires que je sais n'avoir plus la force de tenir comme naguère dans la pince du pouce et de l'index. Je tourne au maximum le bouton qui enfle le son du téléphone afin de l'entendre sonner. Je fais répéter sans vergogne. Je ne prends plus la peine de rectifier quand je crois avoir entendu mes interlocuteurs dire des incohérences auxquelles je réponds des calembredaines. « Quoi ! elle ne possède pas un manoir dans le Perche ?… » Je profite des rires polis pour m'esquiver. « Je te le dis, mon cher François : resplendissant ! Tu es res-plen-dis-sant ! » À peine ai-je décidé d'entamer la liste de mes nouveaux malheurs que mes interlocuteurs commencent celle des progrès et réussites. Je les déteste, j'enrage, mais comment protester ? Mme née Rostopchine avait davantage de chance : on la laissa écrire les nouveaux malheurs de Sophie. « Va ! Fanfaronne ! Continue de friser ta moustache… Je te vois bien, moi, je t'observe, je vois que le courant t'emporte, que tu heurtes de la tête des branches d'arbre, des chiens morts. Sens-tu la confusion s'installer en toi ? »

Parfois de la chasse aux mots je reviens bredouille, ou, pour le dire autrement, je bredouille, ma gibecière est vide. En allemand, en anglais, je suis capable encore de réciter des poèmes, mais impossible de demander mon chemin. « *Ho a niger went down / To a cellar to pray / And he prayed all night / And he prayed all day…* » Bon, mais où se trouve l'escalier de la cave ? D'ailleurs, le trouvé-je, une collante fatigue me terrasse, m'assied sur la première marche, prostré, les yeux fermés. Une minute et je tombe endormi.

Rêves. De plus en plus souvent cette absence épaisse m'enlève et m'immobilise à la fois. Je dors tassé sur ma gauche, comme le pape, dans la position des petits jeunes gens d'autrefois, vautrés, disait-on, avachis. Autodéfinition : un gros pontife aux cheveux rares, blancs et que le vent décoiffe, écrasé sur sa gauche et suité sur sa droite de quadrupèdes noirs, interchangeables, énigmatiques. Parfois la paupière se soulève et l'on aperçoit le regard du vieil homme, perçant et froid. Dans la tête, quels songes ? Quelles clefs ? Une rumeur, je ne saurais en dire plus, des grattements d'engrenage, démodés et brutaux. Combien de temps absent ? Parfois je disparais une ou deux minutes, parfois tout un jour. Ces *blancs* — qui n'en sont pas tout à fait, mais plutôt des baisses et refus de l'attention, les sursauts d'un immense ennui — ont fini par m'inquiéter. Le délitement de la mémoire, qui m'accable, me harcèle : ne dit-on pas qu'il est le premier symptôme de cette maladie au nom allemand qui nous obsède. Réflexe : comme pour les accidents de chemin de fer, « ça n'arrive qu'aux autres... ». Réagir vite, avec gaieté et réalisme : aller pisser derrière les buissons, se lancer dans une interminable citation, refuser l'usage de l'ascenseur, voyager seul. Tout ça se terminera mal, bien entendu — qui en douterait ? Suis-je tout à fait sûr qu'une neuronale exclut l'autre ? Que quiconque a affronté le

Dr Alzheimer n'a rien à redouter de Miss P., et vice versa ? De là à considérer le cruel Dr Alois comme un ogre et la douce cantatrice comme une petite sœur des pauvres : franchissons allègrement le pas. Nous sommes tous ainsi. La recette, le savant mélange, c'est : un tiers compétence médicale, deux tiers ignorance tenace et vigilante. J'ai dû tomber, par instinct, sur les justes proportions car jamais le bon sens ni la peur n'ont, jusqu'à présent, remis en cause ma myopie, mon aveuglement.

Pourtant, la déglingue s'accentue. Je résiste à la tentation de dresser la liste des « signes avant-coureurs », gentillesses mortifiantes, silence des amis, paroles excessives d'autres amis, instabilités diverses : impression d'être dans le collimateur. On me surveille, on me juge, on me gêne. Le *réduit* est rangement autant qu'élément d'un dispositif militaire : rapetissement de l'âge, réduction d'une sauce ou d'un bouillon.

Depuis un moment, tout marque. À peine me touche-t-on : un bleu. La désorganisation est à fleur de peau, de sang. Sang bleu des vieillards, noblesse illusoire au moment de tous les égoïsmes.

Je suis un homme cambriolé : mes tiroirs jetés à terre, mes fauteuils éventrés. Les relever ? C'est moi qui tomberais. Je suis l'unique blessé de cette bataille chimérique. Je cherche comment donner l'impression de la presse, du trop-plein, de la surabondance anarchique qui s'est emparée de moi dans la chambre aux coussins lardés de coups de couteau. Et puis il y a ces martèlements, grondements qui me dévastent la tête. On parle au-dedans de moi, des rires, des disputes, mais je ne cherche pas à entendre, à comprendre. Tout reste en l'état, flou et cruel — l'œuf du téléski va se détacher, la carafe de vin blanc, tomber et se casser, des voyous me guettent, vêtus de blanc : qui sont-ils ? Quelle armée en goguette occupe-t-elle Paris ? L'envie de crier me jette à la rue, des injures plein la bouche, des coups plein les poings. Les *forces de l'ordre* sont là, massées, peureuses, patientes : des hommes en blanc parlent avec respect à des hommes en bleu. Oui, je sais, on me surveille — guet, affût. Mais on ne m'aura pas. Je serai le premier à clamer ma folie. Jouerai-je ? Personne ne le saura jamais. Il sera soudain l'heure de partir. Je serai bien étonné, mais soumis, courtois, et mes narines palpiteront quand je passerai à travers l'odeur de cuir et de fauve des soldats.

Le pouls

Un chef de guerre de dix ans fauche, découpe, étripe en un quart d'heure, entre géo et maths, une dizaine d'adversaires. Sans remonter jusqu'au célèbre « tu serais mort », dont le conditionnel, si poétique, me paraît excéder les nuances d'expression accessibles aux grands tueurs d'aujourd'hui. Il faut le reconnaître, donner et recevoir la mort : simples formalités. Le capitaine vainqueur (respectez la folle césure, s'il vous plaît) rentre en classe en sueur, ivre, les joues rougies de sang.

Au cinéma, dont les grands hommes ne sont peut-être pas tout à fait adultes, de la Winchester au colt d'or (et aujourd'hui dans une débauche de bruits pneumatiques et planétaires, extraits de quelque BD paroxystique), un seul coup suffit souvent pour trouer le bréchet ou le front, réduire en pâté cœur ou cervelle. Trois ou quatre messieurs que leur costume-cravate désigne comme « des fédéraux », ou « la CIA », mal embusqués derrière une Lincoln géante, se font eux aussi canarder. L'un, touché en plein vol, provoque chez un policier qui lui a tâté le cou d'un index embêté ce regard vide et ce hochement de tête qui signifient « la messe est dite ». Non seulement on meurt vite, au cinéma, sans relâchement des viscères, mais on se fait tâter le pouls à la jugulaire, ce qui vous a plus d'allure qu'au poignet, là où les grandes sentimentales de mon temps cachaient sous des manches longues les cicatrices blanches du désespoir.

Dans la vie réelle, où l'on éprouve pourtant, certains soirs d'ennui ou à l'issue d'une *scène* plus destructrice que les autres, un sentiment de mort imminente (qui est aussi un sentiment de douceur et d'acceptation), il n'est pas facile de filer à l'anglaise.

Casse-tête et autres rêves

Avec une majesté implacable mais familière la maladie installe en moi ce que je nomme, après une hésitation, la folie. Le mot est encombrant. Quelle certitude vous autorise-t-elle à l'employer ? — On dit plutôt : « Dans un moment de folie… » Quoi, un meurtre, ce cinéma ? J'ai toute ma vie considéré la mort violente — celle que l'on donne —, bien qu'irréelle, comme proche de moi, « dans mes cordes », disait un ébéniste à qui je demandais une réparation délicate. Je n'ai jamais douté que la colère, la trahison, la vengeance ne fussent porteuses de violence extrême. J'ai toujours cru la distance très courte, qui sépare l'égarement de l'acte. Le passage à l'acte n'est qu'un passage, un insensible écart de la monture, une embardée au bout de laquelle explose la mort.

Une vieille passion pour la minéralogie, aujourd'hui épuisée, et l'obligation où je suis de stabiliser les piles de dossiers, dont jour après jour s'élève la forteresse autour de moi, ont multiplié, sur ma table et tous les meubles alentour, cadeaux ou trouvailles personnelles, les presse-papiers de pierre dure (la bien nommée), de roc, de basalte, rondelles de bois pétrifié venues du Brésil ou de Bryce Canyon, à quoi sont mêlés des boulets de cristal, des sulfures de la taille d'un poing, des casse-tête qui enferment une pépite d'or, une fleur bleue, des bulles d'air, le faux fossile d'une crevette. Elle nage entre les algues vertes qui flottaient aux murs écroulés de l'Atlantide à la façon dont des cheveux d'ange prennent le vent aux basses branches des pins, sur les plages mazoutées où palpitent les mouettes à l'agonie.

Incontinence de larmes

J'ai des poussées de sanglots comme le grand âge a de soudaines et irrépressibles envies de pisser. Incontinence de larmes. Elle mouille les joues comme l'autre le froc. On se détourne des regards de la même façon que, dans la rue, on cherche un tronc d'arbre ou un coin d'ombre à l'angle de deux murs. Longtemps je n'ai pleuré qu'à l'adaptation par Visconti du *Guépard* : scène du bal, où j'ai fondu vingt fois. Maintenant une phrase entendue, une image sur l'écran, l'évocation d'un pique-nique à la veille d'une guerre, la soudaine soumission annoncée sur le visage d'une fille jeune et rebelle — patatras ! Hier, à l'Opéra, dans une chorégraphie de Jiři Kylian, *Bella figura* (titre que j'aurai rêvé toute ma vie de m'offrir, mais l'occasion ne se sera pas présentée), *Bella figura*, donc, quelle houle m'a-t-elle soulevé avec laquelle sont montées les larmes ? La stupeur, je crois, de voir des corps triompher dans leurs seuls privilèges de jeunesse et de beauté. Je me répète ? Tant pis. Il m'arrive, la nuit, au plus profond du sommeil, de me passer comme un film le souvenir d'une piste de ski que j'aimais. Aisance princière du sommeil. M'ont été rendus les deux pouvoirs confisqués en premier par la maladie : la mobilité, la vitesse. Je me fiche bien de tout le reste : style piteux, endurance, prouesse inattendue. Ce qui me fascine : le mouvement. Les gestes purs de tout rattrapage, gratuits. Des femmes dans ce ballet classique dansent les seins nus : est-ce fréquent ? Larmes, larmes… Avec cela, le tutu romantique : des jeunes filles vouées, vers 1947, au *New Look* de Christian Dior, qui avaient eu l'air, soudain, d'anges, de longues *college girls* américaines devenues des anges. J'hésitais à les inviter, ces vaporeuses, ces tournoyantes, avec mes gros doigts de potier. Et voilà que dans la nuit du XXIe siècle, provocantes, naturelles, elles montrent comment l'on danse à un boiteux, comment l'on glisse à un vissé au sol, comment on chauffe le désir des hommes en regardant d'autres hommes et en découvrant sa gorge (n'est-ce pas le mot d'autrefois ?). J'avais honte, dans la grisaille immense de l'Opéra, de laisser couler mes larmes, et honte encore de ne pas sangloter comme j'en avais envie au souvenir du temps où je vivais.

Poignées d'amour

J'apprécie, désormais, que les murs des maisons où je fréquente en soient pourvus en abondance. À les voir, je sais immédiatement que la vieillesse et la mort ont un temps habité les lieux. Ainsi a-t-on pensé à les aménager de la sorte. Compassion ? Non, commodité, et c'est bien ainsi.

Je préconise un modèle d'une quarantaine de centimètres de long (le plombier dit « surdimensionné »), en laiton chromé, à six points d'attache. La pose n'est pas facile. Emplacement, inclinaison : l'expérience, hélas, a instruit le futur bénéficiaire. Les difficultés commencent une fois l'objet mis en place (« positionné », dit le plombier, bien sûr). Je suggère d'avoir dans la main droite un crayon bien taillé, alors que la gauche appuie au mur cette lettre C à la raideur un peu gothique. Il faut alors dessiner rapidement, d'un cercle net, les projections des six trous destinés au passage des vis. Vous vous assurez que les yeux sont bien en face des trous — ou les trous, des yeux — et vous vous mettez au travail : perceuse (évitez qu'elle ne tressaute au moment où vous appuyez sur la gâchette de votre Bosch). Centrez ! Centrez et percez d'un appui vigoureux et déterminé. Je suggère, si vous sont fournies des vis de six millimètres, de vous contenter d'une mèche de sept et d'un tampon de sept également : rien ne doit flotter, vibrer, trembloter. Il faudra tamponner au marteau (à petits coups) et visser à la brute. Si, la pose terminée, vous estimez pouvoir qualifier votre travail de « professionnel », une partie de votre confort sera assurée. Vous devez pouvoir vous accrocher de tout votre poids à la plus modeste des poignées. La maison Wirquin, qui paraît bien outillée, les appelle « barres de relèvement ». Je croyais que l'expression était « poignées de courtoisie ». C'était une erreur de sens doublée d'un anglicisme. J'aime assez « barre », qui fait danse, Manet, Kirov. Évocations moins déroutantes que la comparaison avec ces murs d'entraînement à la varappe que l'on a hérissés de pitons où accrocher les manilles, mousquetons, cordes, de quoi dépend la sécurité du varappeur. Mais de quoi s'agit-il ? De hisser soixante-dix kilos de muscle au sommet. Au sommet de quoi ? Alors que les barres de relèvement de la maison Wirquin réalisent un miracle autrement impressionnant : relever une tonne de graisse blanche, de musculature fondue, des hanches de houri, un cul de percheron, bref, ce cétacé humain en quoi Miss P. a transformé le pétulant et maigrelet étourneau que j'ai été autrefois. Relever ? Comme les snobs relèvent un nom, les pions, une faute. On peut aussi relever une cité de ses ruines, une femme tombée, un pouvoir à l'abandon, un drapeau, l'honneur. Toutes réflexions, notez-le bien, fleuries sur le terreau le plus trivial. Relève-t-on jamais un homme assez avancé sur la route du néant pour se montrer incapable de reprendre la verticale après avoir, Dieu garde ! déféqué ? Quelle Inde de cauchemar ? « Appelle donc ça des "poignées d'amour" », me dit une de mes petites-filles déjà experte, j'en jurerais, à se moquer des messieurs qu'elle trouve grassouillants, vieillissants dès leurs trente ans : « Il prospère, dites donc, votre pneu ! »...

Restez-vous méfiant ? Essai, investigation, contrôle ? Essayez-les : on trouve des barres de relèvement partout où ne suffisent pas les traditionnelles rampes ou mains courantes — salles d'eau, chiottes publiques où la loi fait obligation de consacrer une pensée aux handicapés moteurs. Les hôtels de luxe sont également bien équipés : leur clientèle riche et vieille n'est plus ingambe. Maintenant que vous voilà attentif, vous remarquerez la présence, çà et là, de barres apaisantes ou salvatrices. Les repérer, c'est déjà en avoir besoin. C'est admettre que leur rôle de sentinelles, en quelque sorte, garantit le silence intérieur. Un trembloteur dont les doigts, sans même le serrer, caressent avec une feinte négligence le gros bâton chromé (nous nous fichons bien de quelles rêvasseries la forme et le volume en question inspirent à l'inconscient). Tout cela s'organise en moi comme campe une troupe qui va piller le territoire ennemi. Je suis incapable de préciser combien de temps — deux ou trois mois ? deux ou trois années ? — s'est écoulé entre la découverte, comme d'un magasin spécialisé, des diverses manifestations de sollicitude dont nous sommes gratifiés (« gâtés », disent les dames d'œuvres, les dames de comité et de commissions) et les réactions qu'elles déclenchent en nous. Nous oublie-t-on ? Lèvres pincées, sentiment d'abandon universel. Nous cajole-t-on ? Nous voilà humiliés. « Ah, ils sont trop chieurs, ces vieux pour qui l'acte de chier, précisément, suppose l'aide de toute une timonerie, d'un harnachement, pourquoi pas le carcan, le chevalet, l'estrapade ? » Ah, ces regards ! Et l'« assistance au sol », dans les voyages par avion, qui vous américanise et vous néantise du même mouvement de zèle et de vertu ! Petite voiture. Steward musclé. Couloirs parcourus au pas de charge. *Follow the yellow line*. Il faudrait penser à relever le menton. Il n'existe pas de barre de relèvement pour la mâchoire, la lippe, l'affaissement cervical. J'enrage, je baisse les paupières, je ne veux pas entendre les saluts, je me fais aveugle aux marques de commisération. Vous pouvez vous la carrer à la rose, la commisération.

Le béton vibré

Il faut gagner le large. J'ai trop longtemps écrit à l'étroit. Je tirais gloriole et morale du corset, de la fraise, de la pinaille grammaticale, de la langue, tour à tour langoureuse et acérée, des scrupules, des archaïsmes. Être un petit classique de vingt-cinq ans, c'est du vieil or sur une copie de cadre d'époque. Lieutenant dans une armée de généraux, le rêve ! ascèse, pète-sec, brièveté, etc. : je détenais un vrai arsenal d'armes langagières, celles qui tuent en un soupir de honte le vulgaire tripoteur de conjugaisons. Oui, écrire au large, en finir avec le cabotage sur le grand canal de Versailles, l'altière tenue stylistique des grammairiennes restées filles, la voilure réduite. Le vent se lève, la mer se forme. C'en est fini de calfater. À nous, voies d'eau, voix d'eau, voix d'or, poussez votre grand air, coulez le *Tirpitz* ! Le mauvais goût l'emporte, son courant me drosse sur les rivages barbaresques : barbare barbaque aux vers, sans blague, tu oserais ? Tu te vantes, cousin de Grevisse, sentinelle qui veilles sur les littérateurs assoupis, gendarme posté au carrefour des règles, maître à l'ancienne, tu as les pieds pris dans un béton de belle prose. La mafia te coule tout vivant, suffoquant de subjonctifs, dans les fondations des sorbonnes nouvelles. Connais-tu l'expression « béton vibré » ? Du diable si tu sais ce qu'elle signifie ! Quelque chose me dit pourtant que les murs doivent imperceptiblement vibrer, trembler, peut-être émettre comme un gémissement quand ils contiennent l'agonie, par étouffement, d'un parfait styliste.

Une dépêche AFP

Adepte, plus souvent qu'à mon tour, du grand style geignard et mélopeux, m'en voilà victime. Ayant risqué dans une interview une déclaration réaliste et sombre peut-être à l'excès, en d'autres termes, simple constatation de bon sens, je la retrouve, sous une formulation expéditive et déjà mortuaire, dans une dépêche de l'AFP. Excusez du peu ! Mortuaire ou mortifère ? Il y a des mots qui tuent, MM. Bouvard, Prudhomme et Pécuchet le savent. Par parenthèse, quel drôle de métier que celui-ci, qui consiste à créer de l'actualité, de la *news*, voire, comme disait Jean Prouvost (son accent de velours élimé), une *story*, avec deux lignes d'une confidence sur le suicide et la mort, absurde, certes, et peut-être complaisante, mais si banale. Il me semble qu'un peu de silence… Trop demander, trop attendre. Hier, dans un couloir d'une station de radio, par une porte ouverte j'entends ceci : « Deux actualités à prévoir, Coco : surréalisme et euthanasie. » Qu'il sera doux de quitter tout cela !

Jeune homme, homme jeune, j'ai mangé mon pain noir. Ça, pour me lamenter, je me suis lamenté ! Des images me hantent encore : adolescent gravissant le golgotha petit-bourgeois des étages sans ascenseur qui menaient à son purgatoire. Pieds et cul de plomb, souffle court. J'attendais tout, je m'en souviens, du *courrier* : il n'était pas possible qu'une lettre miraculeuse ne m'attendît pas, un jour, posée sur le coin du bahut breton — breton ! L'écriture serait un buisson de lances, la plume légère. Cette lettre de personne, c'était mon Yvonne de Galais, mon effarouchée du Cours-la-Reine, mon innommée, ma gloire anticipée. Arrivé à notre étage, je prenais la clé sous le paillasson (combien de Français *cachaient*-ils alors leur clé sous le paillasson ?) et entrais dans l'appartement où flottait toujours un parfum d'autre chose, d'autrefois. Soupe et frichti en été, eau de Cologne de Jean-Marie Farina, cire, linge froid. Oui, il y avait ces années-là une odeur du froid. Aucune enveloppe sur le bahut breton. Parfois, derrière deux portes, la toux sèche de ma mère. Le pain noir, le pain gris, le pain des rêves. Là-dessus, je ne sais pas quand, je ne sais pas pourquoi, le goût de rire se greffa. Et celui de brouiller les mots, de *battre* les mots — comme aux cartes.

Cela commença par cet almanach Vermot qui grouillait dans ma tête ; une intelligence où les vers s'étaient mis ; en ce temps-là il arrivait que pourrissent les « provisions » stupidement accumulées, les larves blanches prospéraient dans le gras du jambon rapporté de la campagne au terme de jeudis ravito élevés à la dignité de batailles. Jeudis ravito : c'est moi qui les nommais ainsi, et me mis à en rire. J'étais bon élève dans les mauvaises matières — mauvaises manières. Les mots ? Je les négociais au marché noir des meilleurs livres (liste Otto, victimes de proscriptions diverses, étoiles jaunes et roses mélangées, de quoi grandir les âmes), mais sans doute les exploitais-je mal. Avec moi, le bien taillé tournait au chiffon de flanelle. Rien de la flegmatique drôlerie britannique. J'allumais de grands bûchers. Un demi-siècle n'a pas changé mes mœurs. « Brut de décoffrage », disent-ils. Les mots sont des pignes jetées aux feux de la gaieté. (« Feu de joie » serait trop dire.) Ils éclatent, crépitent, pètent, fusent, risquent de porter loin cet incendie pour rire. Justement : rire.

Le décor est de l'auteur. Il l'a plusieurs fois détaillé, fantasmatique ou réaliste, sous les formes successives d'une grotte, d'une niche, d'une caverne, d'un fortin. Je voudrais ajouter quelques détails que l'expérience seule m'a permis de ranger à leur juste place. Ai-je précisé que huit tables, hautes ou basses, pliantes ou roulantes, sans rien dire du bureau de *privé* ou de shérif, font de mon capharnaüm une passe (une nasse ?) particulièrement périlleuse. Chaque meuble représente un écueil, avec ses courants, ses remous, sa grande bochesse à voix embusquée, à quoi s'ajoutent deux fauteuils (tournants et roulants), un divan, deux bibliothèques, dont une tournante, qu'écrasent les dictionnaires, grammaires, mini-encyclopédies. On le devine : ce qui tourne et roule m'obsède. Au fur et à mesure que je suis davantage ankylosé (mot qui égratigne moins que d'autres mon honneur) la mobilité m'occupe davantage. Mon espace utile au sol, un mètre sur un mètre cinquante. À l'intérieur de cette nacelle virtuelle, je passe huit ou neuf heures par jour à « taper », à (renoncer à) écrire, à déplacer des papiers d'une pile à un tas, d'une flaque à une tour, d'une boîte à une autre. Je compte jusqu'à trente-trois piles, aujourd'hui 17 novembre 2001 (soixante-sixième anniversaire de la mort de mon père), désordre moyen : il m'arrive de monter jusqu'à quarante tas ou piles, comme de descendre jusqu'à vingt-cinq si quelque cyclone a arraché mes cocotiers.

La vétusté des lampes et l'épaisseur des abat-jour sont depuis toujours mon lot. Un lampadaire halogène et trois bougeoirs « montés » multiplient les longues ombres crépusculaires. Des gouttes oculaires attendent en permanence, près des crayons bleu et rouge, que les yeux me brûlent. Deux loupes à portée de main, une dizaine de presse-papiers généralement offerts par des cristalleries lorraines : une certaine ascèse peut être portée à mon crédit. À vrai dire, l'inconfort fait partie de mon travail : je l'accentue, inconsciemment, en m'asseyant de traviole, en superposant paperasses et enveloppes sous le feuillet que je corrige, négligence qui rend plus aléatoires encore mes griffonnages et plus bordélique l'apparence de mes manuscrits.

La mer remonte

Je cherche la sensation juste. Sur une plage normande — par exemple — je marche vers la mer qui s'est retirée loin. Soudain, il me semble avoir accéléré, m'avancer à longs pas faciles. C'est la marée montante et je me retrouverai bientôt perdre pied sans plus bouger, étrave immobile qui divise l'eau rapide. Ou, mieux : je remonte du métro par un Escalator en panne ; marches abruptes. Quand la machinerie se remet en mouvement, j'éprouve un instant une sensation de légèreté irréelle. Ici et là, même certitude : d'être précédé dans ma volonté et dans mon mouvement par un pouvoir — venu de moi ou d'ailleurs ? — qui décuple la force de ma volonté. Tu voulais mourir ? Voici la peste, l'infarctus, l'aorte bouchée, le camion fou — que veux-tu de plus ? Tu réclamais l'espoir, il descend, le voici… Tu voulais faire retraite en toi-même, t'éloigner du monde, et voici que le monde s'éloigne de toi. Peu à peu le silence m'isole — le mien, le leur. Le leur précède le mien et lui retire du sens. Rien n'arrive comme je l'avais prévu et redouté. Au lieu de précéder et de magnifier ma solitude, je la suis, la subis. Je me soumets à sa loi étroite. Je m'appauvris. Je me voulais Job — je ne suis qu'un vieux qui fait encore de mauvais placements.

Le président Soif d'égards

Pas de milieu : plaint ou cajolé, je n'aime que ça. Montons le thermostat de quelques degrés : seuls me conviennent la compassion et le respect (bravo ! Monsieur est connaisseur). Associées, ces deux attitudes sont extrêmement seyantes pour qui les adopte et mystérieuses pour qui en bénéficie. À quoi doit-il ce privilège ? À l'âge, au talent, à la maladie ? Sans doute a-t-on déjà souri à l'anecdote qui courait à Paris l'hiver 1940-1941, selon laquelle un chansonnier à la mode, voyant du côté du vestiaire un officier allemand peiner à enfiler sa capote, avait interpellé la préposée : « Aidez donc Monsieur à passer la Manche... » Hâblerie de société humiliée, sans doute. Cet esprit-là ne crépitait pas dans les salons ni les cabarets, ou ne se manifestait que dans l'escalier. Tout cela pour dire, sans autre, que je suis de plus en plus satisfait qu'on m'aide à passer la manche. Faute de quoi j'ai facilement l'air d'un dément prisonnier de la camisole.

Ma voix a changé. Elle a pris la brièveté excédée du commandement quand il est exercé chez des demeurés. Je convoque, je révoque, je donne congé avec une énergie lasse mais impatiente. Devenu pataud, je ne supporte que la vitesse. Lent, je houspille les limaçons. À tout ralentissement mes nerfs vibrent, mon ton gagne les aigus. Moi si pusillanime, je deviens un lion d'agressivité et de muflerie. Je veux des portes à deux battants ouvertes, des tapis rouges, beaucoup de rouge, des tapineuses de haute volée, des fleurs de rhétorique et de serre. L'étouffement exquis de l'importance.

Des dames lasses d'avoir beaucoup vécu me proposent leur strapontin, leur bras (un seul) ; elles savent « les gestes qui sauvent » ; elles débordent de bonhomie déférente. J'avais tout ça. Je ne pensais pas devenir si vite un vieux con. (La phrase d'Aragon sur le destin probable des jeunes imbéciles, l'ai-je prise pour moi ? Quand même ! Mais se méfie-t-on jamais assez ?) En tout cas je le suis devenu, con. Déjà bien entamé si pas mangé encore. Je m'offusque, m'impatiente. Pauvre en argent, je me comporte en riche, avec des agacements et des trépignements de riche.

Et puis, à la réflexion, cette phrase d'Aragon lui appartient-elle ? Elle a traîné partout. Qui en veut ?

Lit bidon

Je ne conseille pas à un subordonné de Miss P. de tomber amoureux. Sa déconvenue serait cuisante. J'avais toujours pensé, au long du voyage qui me menait de la jeunesse à la maturité, puis à la proche vieillesse, que m'épargnerait le délabrement. Il guettait pourtant, puis rattrapait tant de mes aînés — soyons net : je pensais surtout aux hommes. Pourquoi lui aurais-je échappé ? D'abord parce que je suis immortel — nous le savons. Et non seulement immortel, mais invulnérable. J'étais sûr d'échapper, le moment venu, à ces atteintes de l'âge que je feignais de redouter. Ainsi me paraissait-il improbable que les dames dont je continuerais de solliciter les faveurs (si j'étais saisi par un sentiment, bien entendu : je ne pensais nullement à une période de chasse indûment prolongée après les dates fixées par les usages et la peur du ridicule ; je n'étais en rien tueur de petits lapins), que les dames, donc, exprimeraient à l'endroit de mon corps, de mon apparence, la répulsion légitime que l'on inspire à mon âge. Sans exhibitionnisme ni stupidité, je pensais que mes amantes virtuelles supporteraient avec une indulgence résignée le dégoût que mon anatomie, peut-être, mes fiascos, sûrement, justifieraient. L'abondance et la saveur, chez moi, de traits charmants de mon caractère, l'originalité (pathétique ?) de mon style de vie, compenseraient des lacunes qu'il est naturel de tolérer quand on aime. Enfin, je voyais ça ainsi.

On met un certain temps à lever les yeux sur son corps. Le bouffeur quadragénaire « rentre le ventre ». Autruche ! Les yeux du kroumir élégant glissent sur le miroir sans accepter d'y voir de reflets. Et puis, un jour, on ose. Une plaisanterie entendue, le mot ou le rire d'un enfant : on donne un tour de clé et, nu, on se plante, bien nu, devant l'image de soi. Épargnons à notre verve la peine de nous amuser aux dépens de cet intéressant tête-à-tête. Tu avais cru, sérieux ? que boudiné dans ta vieille enveloppe de peau trouée, reprisée comme une chaussette de pauvre, marquée de bleu par un tatoueur toqué, refroidissait, viande déjà exsangue, l'homme mal cuit que tu fus. Mal cuit, mais des restes, un genre, ah, il faut aimer — eh bien non, reclouez le cercueil, ce n'est pas montrable. Le mot juste, la comparaison perlée. Un peu de peau sur un cintre d'os, des pectoraux coulant en plis comme les bajoues d'un mâtin de Naples, la ptôse de l'estomac que l'orgueilleux porte en étrave de navire, le modeste en œuf colonial, le malade en bouillotte.

On peut aussi penser à la sommelière romande planquant sa bourse sous un minuscule tablier blanc parfois orné de dentelle, fait, dirait-on, pour cacher le fruit du péché ou interdire aux filous de porter la main sur ce point de son corps, précieux entre tous, où la fille enfouit vertu et perdition, l'argent lourd et le sexe brûlant.

Reste rêveur devant ta nouvelle apparence. Y a de quoi être étonné. Que disent-ils, déjà ? « Fonte de la masse musculaire... » Les gros partent d'un coup, comme des falaises de glace basculent dans la mer. « Il est méconnaissable. » Les autres s'effritent lentement, à l'abri des tweeds, des velours, des soies. Mais eux aussi ont rendez-vous avec la vérité devant la psyché de la salle de bains : « Tu ne vas quand même pas offrir ce festin aux affamées ? » Et les amples vestes, les pantalons vastes comme des cathédrales se referment à jamais sur le secret d'un corps occupé à mourir.

La femme, je ne sais pas. Jamais sollicité de vraies confidences. Bien trop peur d'être écorniflé au passage, et mon angélisme mis à mal. Mais l'homme, là, j'ai mon idée. Au fond, au fin fond il sait quel haut-le-cœur tord l'estomac de sa partenaire à laquelle, d'une légère élévation des reins, ou d'un explicite mouvement de sa main guidant la nuque de la dame, il indique ses désirs. Désir ? Exigence ? Preuves et mesure de son pouvoir ? Passons-nous d'explication. Il s'agit de la pente de toute caresse vers la suivante, la suivante encore, chacune plus risquée, plus dégoûtante pense en l'homme l'enfant qu'il est resté, plus exaltante pense l'homme qu'il est devenu. Il faut imaginer un délire bref, toute honte bue, le tourbillon, une flambée — se référer ici à la liste des mots homologués, officiellement brûlants, et y puiser — des yeux égarés, un de ces instants où font n'importe quoi la pudique, le puceau, le chemineau, l'abbé devenu fou. Pas tous les jours, eh, pomme ! Revenu sur terre, tu imagines, et là, dressé devant toi, le miroir, et dans le miroir encore toi : eh bien non, tu n'offriras pas ça à quiconque — même à celle dont les lèvres dessinaient déjà le *oui* soufflé, forcé, des fins dernières, ce *oui* comme une bulle qui crève.

Ne tombez pas amoureux ! L'objurgation devrait prendre place, dans le petit livre bleu, au chapitre des recommandations générales. Au lieu de quoi, nos farfelus médecins des premiers mois s'inquiètent, la voix pateline : « Et la libido ?... » Vous l'appelez souvent « libido », vous, l'envie de baiser ? *Lit bidon* : qu'y faire ? Du désir ? À en crever, mais comment le dire ?

Eh bien, silence maintenant ! Vous avez, sans vous en rendre compte, rattrapé ces deux ou trois images d'enfance enfouies en vous, qui fermentaient, germaient, intactes, et même de plus en plus affolantes, car vous aviez appris à interpréter chaque signe lors même que vous pensiez avoir oublié ces filaments de bave qui pendouillaient entre les seins de Mme Bastien, « en sautoir », disait son mari en rigolant. « Et à Ypres, tu crois que je ne rigolais pas, p'tit gars ? Regarde la princesse ! Le style Chanel, vous connaissez ça, madame Nourissier ? Si vous l'aviez vue ma Tonkiki ma Tonkinoise... » Il est vrai qu'elle avait pu être belle, Mme Bastien, des yeux de feu, sans blague ? Même s'il était difficile d'évoquer le temps où le feu brûlait en la voyant marcher face à son mari, robot de la première génération, ours apprivoisé. Comme j'avais vu marcher Charlie Chaplin à l'Auberge de l'Onde, à Saint-Saphorin, les yeux dans les yeux de son chauffeur, ne parlant plus pour ne pas faire entendre, dans la petite salle aux boiseries gravées de mille noms d'amoureux, la raucité panique de sa voix. Comme j'avais entendu la mère de mes amis Claude et Louis, toujours assise dans le même coin du salon, comme protégée par le piano dont elle avait été une joueuse brillante, qui s'obstinait à nous interpeller, nous, les amis de Claude et de Louis, quand nous traversions l'entrée, de cette voix qu'elle paraissait arracher aux mines secrètes de son corps, et que nous ne comprenions pas. Quel coup de grisou terminerait-il l'aventure ? Oui, et quand ?

Louis XVI de fonction

Un homme prend sa retraite (on dit aussi, je crois, qu'il la *liquide*) et aussitôt, dans son secret, le voilà qui s'amenuise. Envolés le Louis XVI de fonction, la limousine de fonction, les bouffes de fonction, ou, dans un ordre plus relevé, le titre, le garde-à-vous, l'autorité ancienne, ces jouets cassés. C'est le moment de trouver un goût nouveau aux choses oubliées. Faute de quoi le *liquidé* mourra bientôt devant une Loire sans eau où suffoquent quelques poissons retardataires, ou sous un figuier du Gers, de l'Aveyron, de l'Aude, où il laissera filer, las de disputer des fruits aux grives.

La saveur des vies se devine et se vole par la fente des volets : cette lampe, cette femme assise et qui parle — on voit remuer ses lèvres. Que dit-elle ? La maladie me livre peut-être les paroles prononcées par les femmes assises derrière les fenêtres closes. La maladie entoure le reste du monde d'un silence où retentit le moindre murmure. À cette bourse où je me croyais perdant, le cours monte, d'actions inattendues, de valeurs non cotées. (Soudain un élancement. Un étouffement ? Et cette sensation de pelleter de la comparaison, de cirer l'allégorie... Frotte, ça brillera. Relire, relire encore et faire sauter une moitié des mots. Expliquer ce mystère : pourquoi m'est-il si difficile d'écrire nu, calme, uni, de poser les plus simples questions ?) Reprenons. La maladie m'offre-t-elle une perception plus aiguë des saveurs et des ferveurs de la vie ? « Du bon usage des maladies » ? Oui, si vous voulez, pour aplanir le chemin. Puis-je, en y gaspillant toute la rouerie et l'abnégation dont je dispose (je ne me savais pas si riche de ces vertus !), tirer un bénéfice de la mésaventure ? J'ai investi gros, là-dedans, depuis six ans, le destin pourrait bien me faire une fleur, ou plutôt quatre, comme les manchots de Vegas, te rappelles-tu ? — quatre bouquets, ou quatre poireaux, ou quatre petits cochons, et une sonnerie triomphale, une ampoule clignote en haut d'un mât, le pactole fait son bruit de ferraille en dégringolant dans un pot de plastique rouge. Ai-je affiné mon ouïe ? Ai-je appris à aimer ces moments où je reste assis devant la maison quand les autres partent en promenade (les chiens jappent, il y a toujours un enfant blond que révolte la détresse du monde) — ai-je appris ?

Du flou

Tiens, c'est nouveau. Du flou m'embrume. Une dispersion, une fébrilité, une hésitation immobile, ahurie. J'avais connu l'angoisse des printemps d'autrefois, quand on a dix-sept ans, trop de tout, l'embarras du choix comme un couteau sur la gorge, puis tout de suite après un éclat de rire, un éclat de hâte, vite, vite ! Il m'arrive désormais d'être pris, comme d'une crampe, de la peur de fixer un ordre des urgences, de faire un premier geste et d'enchaîner tous les autres. Le comment mange le pourquoi qui ronge et dévore l'à-quoi-bon. Ai-je repéré quelles circonstances favorisent ces blocages ? Trop de papiers sur la table, oui, trop de papiers peut-être, et l'impression qu'il est inutile de répondre à telle lettre, à telle autre : où serai-je quand une main impatiente déchirera l'enveloppe ? Si les morts écrivent, maintenant !

Quel chahut dans ma tête ! Quel entrecroisement de projectiles, d'invectives ! Ça crisse, ça crispe, ça crie.

« Vous vous remuez un peu le cul, oui ou merde ?

— Qui me dit cela ?

— Oh moi, vous savez, les noms…

— La maladie au nom boche, alors ?

— Mais non, il paraît que c'est l'une ou l'autre.

— Vous êtes sûr ?

— Un peu ! On ne cumule pas. Tous les neurones dans le même panier, je vous l'ai dit.

— C'est scientifique, ou une simple impression ? Qui vous a dit ça ? N'êtes-vous pas naïf ? »

Panique ou distance ? Comme de la fumée envahissant la grange, ou un gaz, ou une odeur, du silence qui passe sous les portes. Et si c'était quand même la bochesse, l'endormeuse aux 500 000 soldats ? 500 000, qui dit mieux ? 600 000 ? 600 000 à ma gauche, 600 000 teigneux, lunaires, amnésiques, sournois, prêts à pousser un cocorico, à casser l'œuf sur la tête du professeur Rath, ou à se le laisser casser… Le jaune… Je vais adjuger ! Le jaune coulera dans chaque œil de chacun des 600 000 lunatiques, prêts à oublier le nom de leur père, celui de leur rue, celui de leur mère, le leur… Qui dit mieux ? Tout a commencé comme ça, docteur, on ne s'est pas méfié… Pensez ! Il avait déjà eu plus que son compte, non ? Il restait assis, là où vous êtes, à regarder ses tas de papiers. Il mettait toujours ses papiers en tas et il les changeait de tas, dix fois, vingt fois… Il disait : « Je vais travailler un peu », et il recommençait à tripoter ses enveloppes, à griffonner sur ces petits autocollants qu'il posait partout… Peur ? Oh oui, ça oui, on voyait qu'il avait peur… Non, maître ! je n'ai pas levé le doigt, je n'ai pas enchéri !… Il disait à la femme de ménage des choses sans queue ni tête, et il constatait : « Vous voyez, Thérèse, je deviens incohérent… » Mais elle branchait l'aspirateur et le bruit couvrait leurs deux voix. Il s'en fichait bien, on voyait ses lèvres remuer, il continuait de parler.

Degré de ma détérioration au dernier jour de l'an 2002

Tremblements et pétrification se multiplient. Quelle fureur ! Ce sont les grains de mon rosaire, les furoncles de mon bourgeonnement. Je prends un pli des draps pour l'enroulement du python. Cauchemars récurrents. Ils ont atteint cette forme violente qu'accompagnent des crises d'éréthisme cardiaque, salves, fibrillations. Immobile, cette frénésie m'épuise en quatre ou cinq secondes autant qu'un cent mètres. Elle me laisse essoufflé, douleur coincée entre deux côtes. J'ai l'air à la fois d'un marteau piqueur (l'outil et non pas l'ouvrier qui l'utilise) et d'un lambin, ou plutôt d'un retardataire d'autrefois, tricotant des genoux derrière un autobus à plate-forme pour y monter à la voltige. Mais mon autobus est à l'arrêt. Il rappelle aux hommes de mon âge les *Exercices de Style* de Queneau, mon prédécesseur chez Drouant, que détaillaient, à *La Rose rouge*, les Frères Jacques, tassés à l'arrière d'un 84 approximatif. L'érudition langagière ainsi secouée, barattée : quel beurre ! Au rythme de quatre ou cinq fois par jour, cette tornade ne manquait pas de pittoresque. À partir de quarante représentations quotidiennes — ma moyenne — on refuse du monde. Façon de parler, l'emballement de mon cher public n'est pas tel ; je feins de souffrir les mille morts du succès pour mieux me tirer de là : vite, un fauteuil, un sofa, une radassière — laissez se reposer l'artiste !

Il reste à tirer dix-huit heures avant de franchir *le seuil de l'an neuf*. Dix-huit heures d'où j'écarte les obstacles sur lesquels je risquerais de trébucher, ratant un annapurna dont la conquête ne fut jamais inscrite à mon programme.

Ces derniers jours, je donne des bourrades au monde. Quels autres mots utiliser que bourrades, que monde ? J'ai l'air, prenant appui où mes doigts trouvent à jouer les amortisseurs, et bientôt continuant ma trajectoire en avant, jusque là où mon épaule va se caler, le temps que dure mon blocage, j'ai l'air, oui, de ces gamins déjà grandelets, des hommes à en juger par ce qu'ils ont dans le pantalon, mais encore caressants, chiots pour lesquels il n'y a pas de jeu sans bousculade, simulacres de « prises », parodie de judo. Le meilleur mot reste bourrade, et la meilleure image. Bon copain avec le bois des portes. Les portes elles-mêmes, attention ! elles pivotent traîtreusement.

Quand je parle, maintenant, ils regardent ma bouche. Je m'entends émettre — ou je le rêve — un *au secours* découragé. Autant peigner le roi des nègres. Pasticher dans un chuintement le prétendu accent a-fri-cain (prononcer « fri » comme une truite, comme un fruit dont le jus coulerait à la commissure des lèvres). Je pourrais me produire sur les planches, café-théâtre, fin de dîners encroûtés de silences. Un Vrai Grand Malade m'aborde : il a envie de parler du pays. « Mon orthophoniste », dit-il, « ma masseuse », « mon rééducateur »... Il lui reste de son importance d'autrefois un accent, un écho, et ces possessifs moribonds. Il restitue de l'allure à la maladie que mon décagoulage offusque. Il en sait un bout, question dignité. Mon intuition se trouve ainsi confirmée : cet homme-là le tient de la bouche du cheval — il y aura une bataille du langage et je la perdrai.

Pied-de-biche ou violon ?

Je ne supporte plus de n'être pas transparent, d'avoir de la consistance, de l'épaisseur, de la *matière*. Je voudrais être un trou à la surface de moi-même. En langage élégant, on dirait une vie lacunaire. Elle ne dessine pas un pointillé, ne simule pas le bégaiement craintif du morse — SOS... SOS... On croirait plutôt qu'elle a souffert d'absences, les échos de grandes invasions, ailleurs, en d'autres temps, nuits moyenâgeuses, fêtes ratées, bals noirs. J'ai parfois oublié de vivre. Impression longtemps diffuse, confuse, que désormais me confirme chaque regard en arrière. Jusqu'à mes treize ans (1940), les limbes. Ensuite : ma vie — ce que j'appellerai, infatigable, ma vie, environ jusqu'aux années soixante de mon siècle, le XXe. De mes treize à mes quarante ans j'observe, apprends, engrange. J'apprends même à écrire. En dix ans j'ai fait le tour de mon domaine et jugé l'état des provinces.

Ensuite, plus de trente années, du remplissage. Je ne me réveillerai qu'en 2000, un drôle de goût dans la bouche. Le coup de semonce de 1995 — diagnostic de la maladie — a bouleversé ma vision du paysage.

Pour moi l'explication est là, de cette obstination à écrire d'un sujet souvent renoncé, sinon interdit. A-t-on idée de soulever ainsi le drap ? — Oui, c'est vrai, « on a idée ». Cette curiosité est même familière, tout comme les conséquences d'impudeur et de complaisance qui en découlent. La maladie, rapetissant ma vie, me l'a rendue. M'a rendu sur elle une « vue générale », résumée, une vie de poche. Vide-poches ? J'essaie de récupérer le plus possible de ces vues. Fouille des maisons écroulées après un tremblement de terre. Les chiens escaladent des blocs de béton, flairent des trous d'ombre. Où sont passées ces trente années ? Volatilisées ? Mais j'entends un bourdonnement de présences, de chaleur poussiéreuse, de pourriture. L'ampélopsis est habité par l'acharnement servile des guêpes et des abeilles. Quelques mouches bleues s'y risquent, mais elles en sont chassées. Où sont-elles, ces trente années ? Le danger rend l'air épais. Les enfants frôlent en frissonnant le mur de feuillage où paraît les guetter une armée. La vie a passé comme un songe. Elle n'existe plus — mais alors avec une force indiscrète et cachée — que par tout ce qu'elle m'a dérobé.

Elle n'existe plus que dans le regret de ce qu'elle m'a arraché.

Recousez ma vie en un seul drapeau et jetez-le au vent.

Il faut offrir à ses amis des bribes de guérison, des signes discrets d'apaisement. Les amis n'aiment la maladie que tenue en respect. Ils peuvent alors cesser de penser à elle. Affaire classée. Le gâtisme et la mort ne prennent que des guéris. Surprise, surprise ! Même si vous racontez la bonne affaire la plus récente dont vous avez bénéficié, ne vous étendez pas ; surveillez la façon qu'ont les regards de se dérober. Vous allez mieux ? — Faites vite.

Je n'éprouve en général aucun besoin de justifier le choix de mes sujets ni le style adopté pour les traiter. Enfermé dans une matière et une manière plutôt étroites, je m'en trouve bien. D'où vient que, cette fois, je sois harcelé par le besoin de m'expliquer ? Ce dont ma vie était faite me paraissait s'imposer — ce qui la menace mérite-t-il un de ces éclairages rasants qui donnent leur relief aux propos ? Dans l'escalade, souvent, on ne trouve pas sa prise. La maladie, au contraire, m'a très vite paru être une *prise* idéale. Accroché à elle j'ose attaquer des surplombs qui me terrifiaient. Voilà, j'approche, je

« brûle » : la maladie est mon instrument, à la fois pied-de-biche et violon — elle m'offre, au choix, l'effraction ou l'air sur la quatrième corde.

Mais que se passe-t-il ? Ce tapage ?

« On a perdu le mot fin…

— Ah, ça devait arriver ! Prenez-en un autre, raturez ! On n'y verra que du feu. »

Ménerbes-Paris
2000-2003

DU MÊME AUTEUR

Textes autobiographiques

UN PETIT BOURGEOIS, *Grasset*, 1963 (« Les Cahiers rouges », 1983 ; repris dans « Folio », *n° 3662*) *.

LETTRE À MON CHIEN, *Gallimard*, 1975 (« Folio », *n° 843*) *.

LE MUSÉE DE L'HOMME, *Grasset*, 1978 (repris dans « Folio », *n° 3748*) *.

BRATISLAVA, *Grasset*, 1990 (repris dans « Folio », *n° 3780*) *.

ROMAN VOLÉ, *Grasset* (repris dans « Folio », *n° 3781*) *.

À DÉFAUT DE GÉNIE, *Gallimard* (« Folio », *n° 3577*) *.

PRINCE DES BERLINGOTS, *Gallimard*, 2003 (« Folio », *n° 4076*) *.

* Ces titres sont rassemblés dans un coffret, *Nourissier autobiographe*, accompagné d'une étude et de textes d'Aragon, Frédéric Badré, Alain Besançon, Régis Debray et Jacques Lecarme.

Romans

L'EAU GRISE, *Plon*, 1951 ; *Stock*, 1986 & 2002.

LES ORPHELINS D'AUTEUIL, *Plon*, 1956 ; « Presses Pocket ».

LE CORPS DE DIANE, *Julliard*, 1957 ; « Presses Pocket ».

BLEU COMME LA NUIT, *Grasset*, 1958 ; « Le Livre de Poche ».

UNE HISTOIRE FRANÇAISE, *Guilde du Livre*, 1965 ; *Grasset*, 1966. Grand prix du Roman de l'Académie française ; « Le Livre de Poche ».

LE MAÎTRE DE MAISON, *Grasset*, 1968. Plume d'Or du *Figaro littéraire* ; « Le Livre de Poche ».

LA CRÈVE, *Grasset*, 1970. Prix Femina ; « Le Livre de Poche ».

ALLEMANDE, *Grasset*, 1973 ; « Le Livre de Poche ».

L'EMPIRE DES NUAGES, *Grasset*, 1981 ; « Le Livre de Poche ».

LA FÊTE DES PÈRES, *Grasset*, 1985 ; « Le Livre de Poche ».

EN AVANT, CALME ET DROIT, *Grasset*, 1987 ; « Le Livre de Poche ».

LE GARDIEN DES RUINES, *Grasset*, 1992 ; « Le Livre de Poche ».

LE BAR DE L'ESCADRILLE, *Grasset*, 1997 ; « Le Livre de Poche ».

Libelles

LES CHIENS À FOUETTER, *Julliard*, 1957.

PORTRAIT D'UN INDIFFÉRENT, *Fasquelle* (« Libelles »), 1957 ; « Bibliothèque Grasset », 2003.

AUTOS GRAPHIE, *Albin Michel*, 1990 ; « Le Livre de Poche ».

Albums

HÉBRIDES. Photographies de Paul Strand, *La Guilde du Livre*, 1962.

VIVE LA FRANCE. Photographies de Henri Cartier-Bresson, *Robert Laffont*, 1970.

DU BOIS DONT ON FAIT LES VOSGES. Photographies de Patrick et Christine Weisbecker, *Le Chêne*, 1976.

METZ LA FIDÈLE. Photographies de Jean-Luc Tartarin, *Denoël-Serpentoise*, 1982.

UN SIÈCLE *NRF*. Iconographie choisie et commentée par François Nourissier, *Gallimard*, « Albums de la Pléiade », 2000.

En collaboration

MAUVAIS GENRE. Entretiens avec Arnaud Guillon et Frédéric Badré, *Quai Voltaire*, 1994 (repris dans « Folio », *n° 2800*).

AU MARBRE. Chroniques retrouvées 1952-1962, avec Françoise Sagan et Guy Dupré, *La Désinvolture*, 1988.

COLLECTION FOLIO

Dernières parutions

3684. Jean-Noël Pancrazi	*Renée Camps.*
3686. Jean-Jacques Schuhl	*Ingrid Caven.*
3687. *Positif,* revue de cinéma	*Alain Resnais.*
3688. Collectif	*L'amour du cinéma. 50 ans de la revue* Positif.
3689. Alexandre Dumas	*Pauline.*
3690. Le Tasse	*Jérusalem libérée.*
3691. Roberto Calasso	*La ruine de Kasch.*
3692. Karen Blixen	*L'éternelle histoire.*
3693. Julio Cortázar	*L'homme à l'affût.*
3694. Roald Dahl	*L'invité.*
3695. Jack Kerouac	*Le vagabond américain en voie de disparition.*
3696. Lao-tseu	*Tao-tö king.*
3697. Pierre Magnan	*L'arbre.*
3698. Marquis de Sade	*Ernestine. Nouvelle suédoise.*
3699. Michel Tournier	*Lieux dits.*
3700. Paul Verlaine	*Chansons pour elle* et autres poèmes érotiques.
3701. Collectif	*« Ma chère maman ».*
3702. Junichirô Tanizaki	*Journal d'un vieux fou.*
3703. Théophile Gautier	*Le capitaine Fracasse.*
3704. Alfred Jarry	*Ubu roi.*
3705. Guy de Maupassant	*Mont-Oriol.*
3706. Voltaire	*Micromégas. L'Ingénu.*
3707. Émile Zola	*Nana.*
3708. Émile Zola	*Le Ventre de Paris.*
3709. Pierre Assouline	*Double vie.*
3710. Alessandro Baricco	*Océan mer.*
3711. Jonathan Coe	*Les Nains de la Mort.*
3712. Annie Ernaux	*Se perdre.*

3713. Marie Ferranti *La fuite aux Agriates.*
3714. Norman Mailer *Le Combat du siècle.*
3715. Michel Mohrt *Tombeau de La Rouërie.*
3716. Pierre Pelot *Avant la fin du ciel.*
3718. Zoé Valdès *Le pied de mon père.*
3719. Jules Verne *Le beau Danube jaune.*
3720. Pierre Moinot *Le matin vient et aussi la nuit.*
3721. Emmanuel Moses *Valse noire.*
3722. Maupassant *Les Sœurs Rondoli* et autres nouvelles.
3723. Martin Amis *Money, money.*
3724. Gérard de Cortanze *Une chambre à Turin.*
3725. Catherine Cusset *La haine de la famille.*
3726. Pierre Drachline *Une enfance à perpétuité.*
3727. Jean-Paul Kauffmann *La Lutte avec l'Ange.*
3728. Ian McEwan *Amsterdam.*
3729. Patrick Poivre d'Arvor *L'Irrésolu.*
3730. Jorge Semprun *Le mort qu'il faut.*
3731. Gilbert Sinoué *Des jours et des nuits.*
3732. Olivier Todd *André Malraux. Une vie.*
3733. Christophe de Ponfilly *Massoud l'Afghan.*
3734. Thomas Gunzig *Mort d'un parfait bilingue.*
3735. Émile Zola *Paris.*
3736. Félicien Marceau *Capri petite île.*
3737. Jérôme Garcin *C'était tous les jours tempête.*
3738. Pascale Kramer *Les Vivants.*
3739. Jacques Lacarrière *Au cœur des mythologies.*
3740. Camille Laurens *Dans ces bras-là.*
3741. Camille Laurens *Index.*
3742. Hugo Marsan *Place du Bonheur.*
3743. Joseph Conrad *Jeunesse.*
3744. Nathalie Rheims *Lettre d'une amoureuse morte.*
3745. Bernard Schlink *Amours en fuite.*
3746. Lao She *La cage entrebâillée.*
3747. Philippe Sollers *La Divine Comédie.*
3748. François Nourissier *Le musée de l'Homme.*
3749. Norman Spinrad *Les miroirs de l'esprit.*
3750. Collodi *Les Aventures de Pinocchio.*
3751. Joanne Harris *Vin de bohème.*

3752. Kenzaburô Ôé — *Gibier d'élevage.*
3753. Rudyard Kipling — *La marque de la Bête.*
3754. Michel Déon — *Une affiche bleue et blanche.*
3755. Hervé Guibert — *La chair fraîche.*
3756. Philippe Sollers — *Liberté du XVIIIe.*
3757. Guillaume Apollinaire — *Les Exploits d'un jeune don Juan.*
3758. William Faulkner — *Une rose pour Emily* et autres nouvelles.
3759. Romain Gary — *Une page d'histoire.*
3760. Mario Vargas Llosa — *Les chiots.*
3761. Philippe Delerm — *Le Portique.*
3762. Anita Desai — *Le jeûne et le festin.*
3763. Gilles Leroy — *Soleil noir.*
3764. Antonia Logue — *Double cœur.*
3765. Yukio Mishima — *La musique.*
3766. Patrick Modiano — *La Petite Bijou.*
3767. Pascal Quignard — *La leçon de musique.*
3768. Jean-Marie Rouart — *Une jeunesse à l'ombre de la lumière.*
3769. Jean Rouaud — *La désincarnation.*
3770. Anne Wiazemsky — *Aux quatre coins du monde.*
3771. Lajos Zilahy — *Le siècle écarlate. Les Dukay.*
3772. Patrick McGrath — *Spider.*
3773. Henry James — *Le Banc de la désolation.*
3774. Katherine Mansfield — *La Garden-Party* et autres nouvelles.
3775. Denis Diderot — *Supplément au Voyage de Bougainville.*
3776. Pierre Hebey — *Les passions modérées.*
3777. Ian McEwan — *L'Innocent.*
3778. Thomas Sanchez — *Le Jour des Abeilles.*
3779. Federico Zeri — *J'avoue m'être trompé. Fragments d'une autobiographie.*
3780. François Nourissier — *Bratislava.*
3781. François Nourissier — *Roman volé.*
3782. Simone de Saint-Exupéry — *Cinq enfants dans un parc.*
3783. Richard Wright — *Une faim d'égalité.*
3784. Philippe Claudel — *J'abandonne.*

3785. Collectif — *« Leurs yeux se rencontrèrent... ». Les plus belles rencontres de la littérature.*
3786. Serge Brussolo — *« Trajets et itinéraires de l'oubli ».*
3787. James M. Cain — *Faux en écritures.*
3788. Albert Camus — *Jonas ou l'artiste au travail* suivi de *La pierre qui pousse.*
3789. Witold Gombrovicz — *Le festin chez la comtesse Fritouille* et autres nouvelles.
3790. Ernest Hemingway — *L'étrange contrée.*
3791. E. T. A Hoffmann — *Le Vase d'or.*
3792. J. M. G. Le Clezio — *Peuple du ciel suivi de Les Bergers.*
3793. Michel de Montaigne — *De la vanité.*
3794. Luigi Pirandello — *Première nuit et autres nouvelles.*
3795. Laure Adler — *À ce soir.*
3796. Martin Amis — *Réussir.*
3797. Martin Amis — *Poupées crevées.*
3798. Pierre Autin-Grenier — *Je ne suis pas un héros.*
3799. Marie Darrieussecq — *Bref séjour chez les vivants.*
3800. Benoît Duteurtre — *Tout doit disparaître.*
3801. Carl Friedman — *Mon père couleur de nuit.*
3802. Witold Gombrowicz — *Souvenirs de Pologne.*
3803. Michel Mohrt — *Les Nomades.*
3804. Louis Nucéra — *Les Contes du Lapin Agile.*
3805. Shan Sa — *La joueuse de go.*
3806. Philippe Sollers — *Éloge de l'infini.*
3807. Paule Constant — *Un monde à l'usage des Demoiselles.*
3808. Honoré de Balzac — *Un début dans la vie.*
3809. Christian Bobin — *Ressusciter.*
3810. Christian Bobin — *La lumière du monde.*
3811. Pierre Bordage — *L'Évangile du Serpent.*
3812. Raphaël Confiant — *Brin d'amour.*
3813. Guy Goffette — *Un été autour du cou.*
3814. Mary Gordon — *La petite mort.*
3815. Angela Huth — *Folle passion.*
3816. Régis Jauffret — *Promenade.*
3817. Jean d'Ormesson — *Voyez comme on danse.*

3818. Marina Picasso — *Grand-père.*
3819. Alix de Saint-André — *Papa est au Panthéon.*
3820. Urs Widmer — *L'homme que ma mère a aimé.*
3821. George Eliot — *Le Moulin sur la Floss.*
3822. Jérôme Garcin — *Perspectives cavalières.*
3823. Frédéric Beigbeder — *Dernier inventaire avant liquidation.*
3824. Hector Bianciotti — *Une passion en toutes Lettres.*
3825. Maxim Biller — *24 heures dans la vie de Mordechaï Wind.*
3826. Philippe Delerm — *La cinquième saison.*
3827. Hervé Guibert — *Le mausolée des amants.*
3828. Jhumpa Lahiri — *L'interprète des maladies.*
3829. Albert Memmi — *Portrait d'un Juif.*
3830. Arto Paasilinna — *La douce empoisonneuse.*
3831. Pierre Pelot — *Ceux qui parlent au bord de la pierre (Sous le vent du monde, V).*
3832. W.G Sebald — *Les Émigrants.*
3833. W.G Sebald — *Les Anneaux de Saturne.*
3834. Junichirô Tanizaki — *La clef.*
3835. Cardinal de Retz — *Mémoires.*
3836. Driss Chraïbi — *Le Monde à côté.*
3837. Maryse Condé — *La Belle Créole.*
3838. Michel del Castillo — *Les étoiles froides.*
3839. Aïssa Lached-Boukachache — *Plaidoyer pour les justes.*
3840. Orhan Pamuk — *Mon nom est Rouge.*
3841. Edwy Plenel — *Secrets de jeunesse.*
3842. W. G. Sebald — *Vertiges.*
3843. Lucienne Sinzelle — *Mon Malagar.*
3844. Zadie Smith — *Sourires de loup.*
3845. Philippe Sollers — *Mystérieux Mozart.*
3846. Julie Wolkenstein — *Colloque sentimental.*
3847. Anton Tchékhov — *La Steppe. Salle 6. L'Évêque.*
3848. Alessandro Baricco — *Châteaux de la colère.*
3849. Pietro Citati — *Portraits de femmes.*
3850. Collectif — *Les Nouveaux Puritains.*
3851. Maurice G. Dantec — *Laboratoire de catastrophe générale.*

3852. Bo Fowler	*Scepticisme & Cie.*
3853. Ernest Hemingway	*Le jardin d'Éden.*
3854. Philippe Labro	*Je connais gens de toutes sortes.*
3855. Jean-Marie Laclavetine	*Le pouvoir des fleurs.*
3856. Adrian C. Louis	*Indiens de tout poil et autres créatures.*
3857. Henri Pourrat	*Le Trésor des contes.*
3858. Lao She	*L'enfant du Nouvel An.*
3859. Montesquieu	*Lettres Persanes.*
3860. André Beucler	*Gueule d'Amour.*
3861. Pierre Bordage	*L'Évangile du Serpent.*
3862. Edgar Allan Poe	*Aventure sans pareille d'un certain Hans Pfaal.*
3863. Georges Simenon	*L'énigme de la Marie-Galante.*
3864. Collectif	*Il pleut des étoiles…*
3865. Martin Amis	*L'état de L'Angleterre.*
3866. Larry Brown	*92 jours.*
3867. Shûsaku Endô	*Le dernier souper.*
3868. Cesare Pavese	*Terre d'exil.*
3869. Bernhard Schlink	*La circoncision.*
3870. Voltaire	*Traité sur la Tolérance.*
3871. Isaac B. Singer	*La destruction de Kreshev.*
3872. L'Arioste	*Roland furieux I.*
3873. L'Arioste	*Roland furieux II.*
3874. Tonino Benacquista	*Quelqu'un d'autre.*
3875. Joseph Connolly	*Drôle de bazar.*
3876. William Faulkner	*Le docteur Martino.*
3877. Luc Lang	*Les Indiens.*
3878. Ian McEwan	*Un bonheur de rencontre.*
3879. Pier Paolo Pasolini	*Actes impurs.*
3880. Patrice Robin	*Les muscles.*
3881. José Miguel Roig	*Souviens-toi, Schopenhauer.*
3882. José Sarney	*Saraminda.*
3883. Gilbert Sinoué	*À mon fils à l'aube du troisième millénaire.*
3884. Hitonari Tsuji	*La lumière du détroit.*
3885. Maupassant	*Le Père Milon.*
3886. Alexandre Jardin	*Mademoiselle Liberté.*
3887. Daniel Prévost	*Coco belles-nattes.*

3888.	François Bott	*Radiguet. L'enfant avec une canne.*
3889.	Voltaire	*Candide ou l'Optimisme.*
3890.	Robert L. Stevenson	*L'Étrange Cas du docteur Jekyll et de M. Hyde.*
3891.	Daniel Boulanger	*Talbard.*
3892.	Carlos Fuentes	*Les années avec Laura Díaz.*
3894.	André Dhôtel	*Idylles.*
3895.	André Dhôtel	*L'azur.*
3896.	Ponfilly	*Scoops.*
3897.	Tchinguiz Aïtmatov	*Djamilia.*
3898.	Julian Barnes	*Dix ans après.*
3899.	Michel Braudeau	*L'interprétation des singes.*
3900.	Catherine Cusset	*À vous.*
3901.	Benoît Duteurtre	*Le voyage en France.*
3902.	Annie Ernaux	*L'occupation.*
3903.	Romain Gary	*Pour Sgnanarelle.*
3904.	Jack Kerouac	*Vraie blonde, et autres.*
3905.	Richard Millet	*La voix d'alto.*
3906.	Jean-Christophe Rufin	*Rouge Brésil.*
3907.	Lian Hearn	*Le silence du rossignol.*
3908.	Kaplan	*Intelligence.*
3909.	Ahmed Abodehman	*La ceinture.*
3910.	Jules Barbey d'Aurevilly	*Les diaboliques.*
3911.	George Sand	*Lélia.*
3912.	Amélie de Bourbon Parme	*Le sacre de Louis XVII.*
3913.	Erri de Luca	*Montedidio.*
3914.	Chloé Delaume	*Le cri du sablier.*
3915.	Chloé Delaume	*Les mouflettes d'Atropos.*
3916.	Michel Déon	*Taisez-vous... J'entends venir un ange.*
3917.	Pierre Guyotat	*Vivre.*
3918.	Paula Jacques	*Gilda Stambouli souffre et se plaint.*
3919.	Jacques Rivière	*Une amitié d'autrefois.*
3920.	Patrick McGrath	*Martha Peake.*
3921.	Ludmila Oulitskaia	*Un si bel amour.*
3922.	J.-B. Pontalis	*En marge des jours.*
3923.	Denis Tillinac	*En désespoir de causes.*
3924.	Jerome Charyn	*Rue du Petit-Ange.*

3925. Stendhal — *La Chartreuse de Parme.*
3926. Raymond Chandler — *Un mordu.*
3927. Collectif — *Des mots à la bouche.*
3928. Carlos Fuentes — *Apollon et les putains.*
3929. Henry Miller — *Plongée dans la vie nocturne.*
3930. Vladimir Nabokov — *La Vénitienne* précédé d'*Un coup d'aile.*
3931. Ryûnosuke Akutagawa — *Rashômon* et autres contes.
3932. Jean-Paul Sartre — *L'enfance d'un chef.*
3933. Sénèque — *De la constance du sage.*
3934. Robert Louis Stevenson — *Le club du suicide.*
3935. Edith Wharton — *Les lettres.*
3936. Joe Haldeman — *Les deux morts de John Speidel.*
3937. Roger Martin du Gard — *Les Thibault I.*
3938. Roger Martin du Gard — *Les Thibault II.*
3939. François Armanet — *La bande du drugstore.*
3940. Roger Martin du Gard — *Les Thibault III.*
3941. Pierre Assouline — *Le fleuve Combelle.*
3942. Patrick Chamoiseau — *Biblique des derniers gestes.*
3943. Tracy Chevalier — *Le récital des anges.*
3944. Jeanne Cressanges — *Les ailes d'Isis.*
3945. Alain Finkielkraut — *L'imparfait du présent.*
3946. Alona Kimhi — *Suzanne la pleureuse.*
3947. Dominique Rolin — *Le futur immédiat.*
3948. Philip Roth — *J'ai épousé un communiste.*
3949. Juan Rulfo — *Llano en flammes.*
3950. Martin Winckler — *Légendes.*
3951. Fédor Dostoievski — *Humiliés et offensés.*
3952. Alexandre Dumas — *Le Capitaine Pamphile.*
3953. André Dhôtel — *La tribu Bécaille.*
3954. André Dhôtel — *L'honorable Monsieur Jacques.*
3955. Diane de Margerie — *Dans la spirale.*
3956. Serge Doubrovski — *Le livre brisé.*
3957. La Bible — *Genèse.*
3958. La Bible — *Exode.*
3959. La Bible — *Lévitique-Nombres.*
3960. La Bible — *Samuel.*
3961. Anonyme — *Le poisson de Jade.*
3962. Mikhaïl Boulgakov — *Endiablade.*

3963. Alejo Carpentier — *Les Élus et autres nouvelles.*
3964. Collectif — *Un ange passe.*
3965. Roland Dubillard — *Confessions d'un fumeur de tabac français.*
3966. Thierry Jonquet — *La leçon de management.*
3967. Suzan Minot — *Une vie passionnante.*
3968. Dann Simmons — *Les Fosses d'Iverson.*
3969. Junichirô Tanizaki — *Le coupeur de roseaux.*
3970. Richard Wright — *L'homme qui vivait sous terre.*
3971. Vassilis Alexakis — *Les mots étrangers.*
3972. Antoine Audouard — *Une maison au bord du monde.*
3973. Michel Braudeau — *L'interprétation des singes.*
3974. Larry Brown — *Dur comme l'amour.*
3975. Jonathan Coe — *Une touche d'amour.*
3976. Philippe Delerm — *Les amoureux de l'Hôtel de Ville.*
3977. Hans Fallada — *Seul dans Berlin.*
3978. Franz-Olivier Giesbert — *Mort d'un berger.*
3979. Jens Christian Grøndahl — *Bruits du cœur.*
3980. Ludovic Roubaudi — *Les Baltringues.*
3981. Anne Wiazemski — *Sept garçons.*
3982. Michel Quint — *Effroyables jardins.*
3983. Joseph Conrad — *Victoire.*
3984. Emile Ajar — *Pseudo.*
3985. Olivier Bleys — *Le fantôme de la Tour Eiffel.*
3986. Alejo Carpentier — *La danse sacrale.*
3987. Milan Dargent — *Soupe à la tête de bouc.*
3988. André Dhôtel — *Le train du matin.*
3989. André Dhôtel — *Des trottoirs et des fleurs.*
3990. Philippe Labro/Olivier Barrot — *Lettres d'Amérique. Un voyage en littérature.*
3991. Pierre Péju — *La petite Chartreuse.*
3992. Pascal Quignard — *Albucius.*
3993. Dan Simmons — *Les larmes d'Icare.*
3994. Michel Tournier — *Journal extime.*
3995. Zoé Valdés — *Miracle à Miami.*
3996. Bossuet — *Oraisons funèbres.*
3997. Anonyme — *Jin Ping Mei I.*
3998. Anonyme — *Jin Ping Mei II.*
3999. Pierre Assouline — *Grâces lui soient rendues.*

Composition Imprimerie Floch.
Impression Liberduplex
à Barcelone, le 12 août 2004.
Dépôt légal : août 2004.

ISBN 2-07-031639-4 / Imprimé en Espagne.

2037